傳家之寶

潘步釗 著

匯智出版

責任編輯：羅國洪
封面設計：蕭雅慧

書　名：傳家之寶
作　者：潘步釗
出　版：匯智出版有限公司
香港九龍尖沙咀赫德道二A
首邦行八樓八〇三室
電話：二三九〇〇六〇五
傳真：二一四二三一六一
網址：http://www.ip.com.hk
發　行：聯合新零售（香港）有限公司
香港新界荃灣德士古道二二〇至
二四八號荃灣工業中心十六樓
電話：二一五〇二一〇〇
傳真：二四〇七三〇六二
印　刷：陽光（彩美）印刷有限公司
版　次：二〇一七年十月初版
二〇二〇年七月第二版
二〇二三年九月第三版
國際書號：978-988-78402-0-6

序：一片暮色一番心事

楔子：我的確不知道迷離的夜色怎樣來襲，暮色未來的時候，我努力在找摺縫的皺痕。我不是那座無雉堞的邊城，我只是護城河後，托着長纓鎗的寂寞守門小兵。日間閃閃的金釘，顆顆冰冷如雪，城門高得我抬頭看不見城牆。暮色來時，我心內縱有翻滾的焦灼驚惶，卻不敢面上絲毫動容。這一夜看來還很漫長，月亮掛在樹梢，等待過路人伸手摘下，不要搖落長夜的星星。

這本散文集的名字「傳家之寶」，很早已經想好和決定，書中的同名文章寫在女兒唸中學的時候，現在結集出版，女兒已經大學本科畢業了。由承到傳，是一脈輕垂的直線殷勤；傳家，在接來，也在送出，當中有固執堅守的姿容和溫度，也有十八相送的纏綿不捨，想來，或許與一切文學藝術其理相通。我把文章置在集子首篇，並作為書名，一片暮色一番心事，一番沉吟一路祝福。扉頁的相片，是女兒在英國唸書學院宿舍不遠處的公園草地拍下，我很喜歡，而且生出感慨無端。野渡無人，於女兒，橫臥的單車是解鞍少駐；於我，卻是十里長亭的隱喻，聯想和喻解就是那片無盡的綠了。送君千里，我不可能，也不用踏過每一條小草，在我看不見的那頭，能夠知道、想像得到那份春光漫爛青蔥茂盛，已經很好。

距離出版第一本散文集，轉眼已經超過二十年。集中的二十三篇文章，是我二十三種心絃震動。數年來，生活中有怨怒困蹇，有欷歔嘆息，當然也有感念追憶，欣喜期望，文章就這樣一篇一篇寫下來。老去，時間彷彿是拉薄了的流質水晶，到了某種溫度和角度，重新凝定，自鑄造型，讓我們看得到更通透晶瑩。如果光線進入的角度能夠配合，還可以折射出種種的側影，只是站在對面失神的你，未必容易看得清楚。

拉薄的還有文學、歷史、文化和一切藝術，網絡興起，世間變得很不一樣，人人在自己的臉書微信貼文，人人都是作家，人人都不是作家。結集出版不再代表一種居高臨下的話語權，對於才華，對於優劣，對於崇高與卑鄙，沒有人說了算。對於同時代的人，一切的評論，是在天台跳下前的喃喃自語，有人聽得見和在乎，才會變得重要。所以這年代大家都拼命往高處擠爬，希望別人聽得見和在乎；文學，卻給遺留在梯階之下。

我曾在不同的時空，彈起尋找共鳴的孤音，文章結集，希望產生交響的立體感。只是此時此地此情此境，文學藝術被不斷拉薄，夕陽吐血，暮色冉冉飄至，一切趨向二維，立體不起來。香港文壇熱鬧又寂寞，聲音很多，說話很少。劇場在演戲，演員觀眾樂師生旦淨丑都齊全，只是鼓樂喧天過去，找不出與昨夜的不同，或者演的看的貌合神離，藝術和觸動在愈拉愈薄的過程，撕裂斷開，然後生死永不相逢。

編年度小說選時重翻舊雜誌，偶然再讀到陳國球的散文〈一個文學教授的獨白〉。作者這樣結尾：「……輕輕地推門進去，甚麼聲音也沒有，屋內沒有另一個人」。寫作路上，我期望憑藉文學，無力地揭開被文學遮掩了的一切真實，我碰見熱鬧，也嘗盡寂寞。中國傳統戲曲的獨白，其實是角色流溢的一番心事，台上沒有人聽得見，但台下觀眾卻聽得清楚，是藝術演出的重要部分。就如寫作，「沒有另一個人」，文學仍然存活，那是重要的交流，而且是最重要的交流。如果在我們的時代，藝術只能這樣存活，我願意一路絮絮獨語下去……

目錄

傳家之寶

女兒在校內上通識課，老師要她帶一件「傳家之寶」回校。

我想也不想，就跟她說帶那部爺爺留下的《辭源》吧！沉甸甸的大部頭工具書，攜帶不便，我叫她把封面和扉頁複印了，帶回學校去。

《辭源》並不貴重，但確是女兒的爺爺——我的父親傳給我的——或者準確些說，是遺留給我的。不算得是「傳」，因為當中沒有具體的過程或儀式。不像高僧的衣鉢，或者是武俠小說中的承繼掌門之位，「傳」的過程模糊，卻簡單，也直接，沒有叫人懷疑的餘地，至少數十年來，我的兄姊從無意欲與我爭奪。

父親喜歡文史，當年買了這部《辭源》回家，在家中很不起眼，甚至媽媽和兄姊可能從來不發覺有它的存在。父親偶爾會翻檢，不過更多時候，它被安穩地放在一旁，守着自己沉默的崗位。少年的我，開始喜歡讀詩詞古文、看粵劇，常遇有不懂的字詞，就翻着它，追尋解釋和出處。例如我因為西洋片有《魂斷藍橋》，便一直以為這可以「約定三生夢」的藍橋是洋人韻事，誰知翻查之下，唸過「藍橋便是神仙窟，何必崎嶇上玉京」，才知道裴航雲英的情事，在中國流傳早逾千年；至如賈似道咬牙地唱罵：「何以你破籠自去招雨打，染綠我頭巾偷復嫁」，又一次令我懷疑唐滌生何以把異國事物，放在中國才子佳人的故事之中。稍稍探索，《辭源》教我在《元典章》裏原來對娼妓家有服飾頭巾的顏色限制……。翻翻揭揭之中，在青少年階段，日漸種下我修習中國古典文學的基礎。日子久了，變成超越了工具書的意義和功能，成為我青少年時代很重要的參考書，即使無特定翻查對象，也一頁頁的讀下去。抬舉我的朋輩，常問我何以記得這麼多古詩文，我口中沒有說，心中卻清楚明白父親留下的這

「傳家之寶」，功勞不小。

不知何時開始，父親已很少翻檢這書，反而隨着我對中國文史哲的興趣日漸濃厚，慢慢成為我的常用工具書，再過一些日子，甚至遷移，理直氣壯地放到我的書架上。雖然當中，沒有具體「傳」的過程，不過，我從父親那裏接過他對文化歷史等的探尋，那倒是非常非常的真實。

中國傳統的「傳」，意義幽微，不是一手交一手的簡單動作。袁枚在《隨園詩話》對這「傳」字，有獨特解釋，說是「傳字人旁加專，言人專則必傳也」。拈出「專心」，才可傳之久遠，雖有道理，只是談做學問多於説倫理，稍有頭巾氣。不過野狐禪到底重性靈，強調心之一義，則是明睿有智極矣。由經傳到心傳，是真正的「傳」；六祖傳宗，就是心傳而不是經傳。父親沒有祖師佛法，我更加不是看透菩提明鏡的擔水和尚，上一輩的影響，有時就只是這種無聲無息，沒有形式理念，汩汩地向下流去，我們無須刻意，卻默默被薰染。今月曾經照古人，今人何年曾見月，我們似乎像永遠都及時而來，又同時遲來一步。

不過深紅的封面，十六開封度，八九厘米的厚度，倒是形成一定的「分量」，既屬於物理的，也更富人文色彩和味道。「辭源」兩個大字，書面用陰刻的方法寫上兩吋見方的隸書，在黯紅得有點暗啞烏黑的精裝硬皮書面襯托下，顯得相當沉實穩重。書脊本來也有兩個金色大字，卻因為年代久遠變得非常暗淡，即使直立在書架上，也吸引不了遊觀者的耳目。說這是舊派書，一點也沒錯，版權頁寫着是商務印書館一九一五年初版，我手中的是一九四七年的第十五版。雖不是線裝蝴蝶，可是單看部首的編排，是用天干地支來分類，就知道這是舊式字典的方法，一如書內收錄的每一個各有因緣的詞彙，年代久遠，而且總有一段迷離身世在背後，等待我們去追尋。

只是我想，像我們這樣毫不顯赫的家世，傳家之寶是甚麼意義？一件簡單的東西、一件平凡的物品，憑甚麼可以有傳下去的必然。古舊和蒼老，就可以成為一種理由嗎？有時，為了回憶、紀念，我們會留下舊東西，例如父親剛離世時，那黑色木製的算盤，我們都認為不能丟掉，雖然它從不曾在家中的往後，產生過計算器的作用。沒有實用價值，無法站在生活的前線，到底是淪作擺設或存之抽屜深處。不像這部《辭源》，今天仍然穩插在我的群書中。雖然現在翻檢的時候不多，可是它在我的藏書中，確是佔有不可代替的地位。

對於它，我有點歉意。多年前，我寫了一篇關於父親的文章，為了照顧即離黏連的考慮，在結集出版時，把爸爸這本生前愛讀的書說成是《全唐詩》。文章後來選入某出版社的教科書，我沒有修訂過來，結果它無端湮沒在我的家族史中。雖然未必有人會介意，即使父親仍在，也必不為已甚，只是想到自己成長和那些孤燈夜讀的歲月，我覺得自己撒了一個輕佻冒犯的謊話，所以現在每逢有機會和讀者分享這篇文章時，我會鄭重更正，還它公道。

不過，人物之間的淵源和情感，要翻上更高的層次，當然都是一種形而上的交流。作為「傳家之寶」，也就當然不能只停留在物質功用的層次。《辭源》在我家中出現超逾三十年，像一個白髮忠誠的火工老僕，親見父母親先後離世，少主人亦青春漸去。斑駁、古舊，惹來無盡的思念和追憶，那些艱苦暗淡的童年歲月，會變得光亮炫人。我們站在人生中段，看豪門段段爭產新聞，深慶自己的父母親為口奔馳，左支右絀卻又將我們四姐弟都撫養成人。生活，或者生命，本來就只如此，老師要強把傳家之寶看得煞有介事，曾是人子，今為人父，我無以回應。於是我跟女兒說：既然是交功課，就隨老師的意思吧！

女兒的通識老師的教學設計其實很不錯，要孩子發掘和感受一下家中珍貴的回憶。這是家中的非物質遺產，即使是物質，也不在乎有昂貴價值。香港下一代的孩子，全都把眼睛緊緊盯住面前的電腦屏幕，不懂得偶爾回頭，看看父母祖輩如何生活過、感動過。可是情節峰迴路轉，老師因為聽不明白女兒的解述，又見只是薄薄的兩張複印紙張，覺得不是理想的教材，竟然要求她回家換過另一件傳家之寶，下一節課再帶回去。女兒如實跟我說，我苦笑無奈，想到家道的承傳發揚、想到香港教育，只好說：沒有了，沒有其他傳家之寶了。

後來如何結局，我已記不清，也沒有深究。到今天，我已不常翻這書，一者老花眼睛欺人，書的字體變得太小。對於讀書人，當字體愈變愈小，原來生命的歷史和塵封卻漸積漸滿。我望着女兒毫不在意，何曾把「傳家之寶」這四字放在心上。當然，二十一世紀，網上資訊及工具搜尋，快捷容易，要找一個字詞和典故的解釋來源都很方便和容易，女兒是年青一代的網路人，只要移動滑鼠，浩瀚資訊都瞬間聚於腕底，何須再像她的爸爸當年，背着寂寞燈影翻書頁，查部首。在急遽的時光捲動，這樣一本重逾三代的工具書，物理的重量漸漸向下流走。不過，對於傳家之寶，文化和情感的重量，才是真正的價值，而且或傳或留，在我們每一個對生命認真的人的心中。

說不盡我家的「神采」

每次談到「神采」，我們四姊弟總掩不了眉飛色舞之情，像述說一件重要而影響深遠的家族往事。這些往事，不單是我們現在倫常聚會的談資，也架起了成長和生活的重要回憶，難理，更難斷。我是家中老么，最晚出生和成長，認知能力和記憶力趕不及記下，所以只是聽兄姊們談得起勁，自己努力思索想像，像早一天曾缺課的學生，努力在課堂上追回因錯過而陌生迷惘，卻原應屬於自己的經歷。

「神采」其實是一匹馬的名字，灰棕毛色，不在徐悲鴻筆下，也沒有踏雪展翅的神通，而只是在香港快活谷出賽的品種，平凡得有點庸俗。可是對於這匹馬，我們全家都感激。故事在後文才細說，這裏只想引伸表達我對人和動物相處共存的某些感想情思，特別是生活和成長在這又富裕又貧窮的現代香港。道德和情感，在人與人之間，縱然不易真誠把握，但描述和定義的語言卻從來都不貧乏，沒有迷思、沒有矛盾，可是在人類和動物之間，情況就複雜得多，活像一堵歪歪斜斜相對的高牆，我們既不容易看得穿透，也不是把球用力擲出去，就一定可以直線地反彈回來。

事情為甚麼複雜，真相是：人類憑着智慧，掌管了地球一切資源和權力，控制萬物的生活形式，成為所謂的「萬物之靈」。於是大部分動物被我們驅趕到山林野澗，人類伐林竭澤，站在世界的中心。為了自己的利益，人類決定了大部分動物的活動空間、食物水源，甚至控制牠們的繁殖速度和方式，我們必須承認，人類是站在這樣的平台來和動物相處，甚至高談愛護動物。這種人和動物的關係，一開始就無法用道德來切入，這樣的議題也很容易跌入偽善和泛道德的兩難之中，人類在中間，沒有申報利益衝突，這種兩難往往使我們陷入道德迷思，像哈爾．賀札格(Hal Herzog)在他的《為甚麼狗是寵物，豬是食物》一書中引用研究報告，擺出了簡潔而有力的數據：「百分之六十的美國人相信動物有生存權，卻也認為人類有吃掉牠們的權力。」

愛護動物的說法，從動物倫理學的角度討論，最重要是看看是否「以動物作本位出發來思考和判斷」。西方研究指出人類早在一萬兩千至四千年前開始養狗，約在九千年前開始養貓。現代人喜談權利權益，可是西方研究卻指出，人類對於動物，只有感情和效益兩種考慮角度。我們經常以為了解動物，或許是自作多情，或許是因為認知不足，無論怎樣，也無法將我們從行為和情感的矛盾中抽出來。

這方面，中國人的心理反而較明晰平衡，易於安頓。中國文化傳統重仁義惻隱，與動物關係若即若離，由仁心出發，惻隱所及，所以有以羊易牛的齊宣王，也有「君子遠庖廚」、「聞其聲不忍食其肉」的聖人垂訓。不過中國文化也強調「人禽之辨」，所謂「人之異於禽獸者幾希」，重視的就是這「幾希」的部分，而在沒有嚴格知識論系統的要求下，我們也不大喜歡嚴格為動物定義和分類，所以從來不會認為鯨魚應該恪守西方生物學或哺乳類的定義，鯨，明明就是魚類，所以鯨字應歸入魚部。文學作品中，動物更加個性鮮明獨特，或呼應延伸，或映照薰染。中國人崇尚天人合一，又強調人對萬物有情，像對馬匹感情就最特別，超越人畜多矣，不因為甚麼平等、尊重的濫調，而往往成為人性的周延與補充。西楚霸王的「時不利兮騅不逝」、劉備的「馬躍檀溪」、《隋唐演義》的「秦瓊賣馬」，種種故事，都借動物映襯，刻劃人物情義氣概，曲折蜿蜒，雖不脫小說家言，但中國人可惡地高叫「背脊向天人所食」的同時，對動物別有深情，倒是昭昭可見。

有時，動物又成為抒情說理的道具，像唐青臣科場失意，回到家中，妻子冷面對待，他成詩一首：「不第遠歸來，妻子色不喜。黃犬恰有情，當門臥搖尾。」人不如犬，古代窮酸文人可能感受最深，再讀程魚門的落第詩：「也應有淚流知己，只覺無顏對俗人」，兩詩並讀，「知己」一語，真夠發人深省，感慨萬千。元雜劇有《殺狗記》，無辜黃犬被殺，只為了讓兄弟重新認識親情的可貴。千百年來，中國戲迷欣賞此劇，從來只讚歎背後的倫理大義，絕少會為這隻無端擔負啟蒙重責的倒霉老狗抱不平。

時代不同，文化有異，當然觀念也不一樣，像印度人不吃狗肉，只因認為那是骯髒低下的事，不吃比吃更無情。生活在香港，人類和動物的關係就親密得多，像年前港鐵列車撞死了一隻唐狗，滿城怒憤地指責談論，然後港鐵公司的一位高層人員，不但要公開道歉，更要在死去的狗隻靈位前獻花。我在電視新聞報道，看着他懷着滿臉歉疚和哀傷，周圍站滿了人，看他緩緩躬身放下花束——那真是種奇怪極了的哀傷。坦白説，我絲毫感覺不到人和動物間的情義，反而忽然想起唸中學時，留宿的校工張伯養了一頭黃狗，矮肥短腳，十分可愛。每當小息和午膳時，就在操場四處跑，不怕人，同學也不怕牠，當然也沒有人想過要欺負牠。我也知道，到了晚上，當張伯鼾聲呼呼的同時，黃狗會隨意睡在校園的任何一角，安全、寧靜而深受尊重。這樣的和諧共存，在我成長的記憶中，從來不難找到，小時候在屋邨的球場踢球，烈日下，常有貓狗蜷伏附近，慵倦打盹，睇着眼看我們一群孩子跑來跑去，既不怕人也不擾人。大自然世界，本來是「春田牛背鳩爭落，野店牆頭花亂開」的自生自成，互相尊重包容，這樣才可達「遊於無窮」的生物世界。向一頭死去動物獻花道歉，黃犬泉下有知，可能也狺狺叫吠，頻呼折福——各位禮重了！

回頭説我家「神采」的故事，其實只是為了一次「獨贏」派彩，人馬之間只是相逢萍水，比起香港人喜歡稱自己寵物作「BeBe」，又愛在擺尾的小貓小狗面前，自稱爹地媽咪的親暱，完全是風馬牛不相及。我們對「神采」，只有感激和僥倖之情。故事發生在四十多年前的一個平淡晚上，爸媽下班回家，發覺我們三兄弟都失蹤了，一時間手忙腳亂，尋了一個晚上，嚇得心膽俱裂，最後在警局尋回。原來因為要看電視的足球錄播，二哥帶着我和三哥，跑到公園坐了一個晚上觀看。受了一夜尋子的煎熬，爸爸竟然下了狠勁，把剛投注在一匹冷門馬贏回來的百多元，購買一部十二吋黑白電視機。這匹冷門馬嘛，就是「神采」！

就這樣，我的家有了第一部電視機，一段人畜緣分也嵌進了我們平淡的家族歷史，為我們貧窮而緊靠的家庭，帶來驚喜和溫暖。對這匹素昧生平的灰棕馬匹，我們心存感激許多年，這是成長經歷中，一次飛越貧窮生活的意外驚喜，但也只限是如此，不能像現代人般濫情造作。爸媽終日為口奔馳，一筆意外之財，本可換來三數月的安裕生活，不過相比孩子的快樂和安全，這樣的機會成本計算，每一對父母都不會猶豫。爸媽不懂經濟學，更不知甚麼是生物學和動物倫理學，他們也從來沒有叫我「BeBe」，但背後的愛護關情，是成長歲月的回音，只要輕輕敲撞，就生起撼人的震動。

對於現代人豢養寵物，我向來無大意見。有一次，一個學生問我會否同意他在家裏養一隻貓，我說當然不反對，只要你的家人同意，而且你對待這隻貓，不能好過對家裏的人。另一個學生問我會否反對他養一隻狗，我說當然同意，不過也告訴他當看見狗隻很可愛的時候，要知道牠有一天是會死的，日常生活要吃要拉要洗澡，會老、生病鬧情緒，每一件事主人都要在金錢、情感和責任上承擔，最後他告訴我打消了主意。

六、七十年代社會不富庶，「住洋樓，養番狗」，是有錢人的行為和象徵，今天在公屋養貴婦狗的也大不乏人。對於人和動物相處，我的哲學很簡單，彼此的天性最應尊重，順人性人情自然相處，盡力而為。給動物不必要的痛苦最是罪孽，所以虐貓毒狗之事，社會群起攻之，合義合理合情，不過要為誤入路軌喪命的「失魂犬」獻花道歉，就未免矯情，人狗殊途，在死後，也在生前。「寵物」一詞中的「寵」字，洩露玄機殆盡，那是以人為中心作思考，快樂和利益都歸於人類，寵物只像楚王宮中因瘦腰而餓死的美女。退一步說，即使只談情感依附的關係，也弄不清究竟是寵物需要人類，還是人類需要寵物？所以說得清楚，物之曰「寵」，有太多人類的計算和利益在內，與我佛說眾生平等的慈愛悲憫，絕不相同。

其實我漸漸明白，我們懷念一匹馬，除了和秦瓊、項羽不同，也未必只是因為牠為我們家帶來一部十二吋黑白電視機，牠更馱負着許許多多的記憶，四蹄奔展間向我們跑來，把我們四姊弟馱回那不足百尺的唐樓板間房，一家人生命和生活都緊緊相依的貧困童年。人到中年，豁然明白，「父母俱在，兄弟無故」，君子之樂，只是一種淡然，與現代人一開口，就是媽咪BeBe的親暱濃稠，抱着寵物吻個不停，是不一樣的日子。那樣的日子，灰灰黯黯，原來已經是上世紀的如煙往事，就如千萬年來，人類和動物的一切意繞情纏，剪不斷，說不盡……。

我們，尋彩蝶去

小時候，家中有兩張粵曲唱碟，分別是紅線女的《打神》和任白的《帝女花》。王魁薄倖，周世顯卻情深義重。「藺相如能保連城璧，周駙馬能保帝花香」，我自小就有好男兒的楷模可依；「遭百劫也留形，我為花迷還未醒」，吟人都道多情損少年，豈不心會神馳！直到某一個下午，喜歡粵劇的同學問我可知道：《帝女花》之外，原來任白還有《紫釵記》、《再世紅梅記》和《蝶影紅梨記》……。

漸漸，我有機會聽到傷情的「霧月夜抱泣落紅，險些破碎了燈釵夢」，也實在迷醉在「畫欄風擺竹橫斜，如此人間清月夜」的如詩刻劃之中，唐滌生的優美曲辭，任白的動人唱腔，在咿咿呀呀的錄音機播出……這就變成一段生死相隨的追尋。家境貧窮，在狹隘的公屋裏，剛過初中的孩子迷迷糊糊就戀上了，從此成為一種靜謐的追尋。鼓角喧天的皮相，潛藏細流的才華，數十年的相思蜿蜒綿展，不須灑淚，無處牽袍，卻贏得一輩子的戲曲因緣。

五十年代，戰後世界沉痾初癒，香港慢慢在褪變和發展，西方文藝思潮敲打着傳統的思緒。這時候，仙鳳鳴以一時無兩的組合，攀上藝術高樓，身影變得玲瓏，線條也堅實沉穩。我站在二十一世紀回望，驀然發現戲曲的文學回歸，竟在上世紀中寂寞漁港的粵劇舞台完成，戲曲藝術有了一次亮麗磨洗。對於六十年代中才出生的我，趕不上這樣的姹紫嫣紅。花事已完，猶幸芬香長在，我的青年時代，人人在說香港經濟起飛，藝術被財經商務逼迫得默守牆隅。誰向幽閨憐寂寞，花和月都嫌我們太嘈吵了。我就在這樣的夾縫中與仙鳳鳴相遇，傾倒相隨，唐滌生和任姐是我成長中，氣質才情的一園芳馥，薰得默默的青春歲月綠意盎然。

到我長大了，唐滌生早已撒手多時，任姐逝世前也是深藏不出。死生契闊，綠章無計，印象中，與任姐最接近的一次，是在劇院看雛鳳鳴的演出，因為花費不起，只得購買樓座戲票。中場休息時，忽然聽到樓下一陣喧鬧，我以為發生了甚麼意外，探頭看才知道原來是一大批戲迷圍着任白，暗弱的劇院燈光中，我只看到任姐的背影。她站起來，微欠着身，雙手一邊和戲迷打招呼，一邊示意她們不要太激動。這個俯視的背影，是我印象中最深刻的任姐形象——永遠令戲迷聳動，然後氣定神閒地安定了她們。有一次我主講戲曲的文學講座，要說明趙汝州這人物，由元雜劇到唐滌生筆下，劇作家作了怎樣的改寫。一個中年女戲迷忽然在座中高聲說：我管他元朝時候怎麼樣，我只看任姐演的趙汝州，你跟我說任姐好了！我只好苦笑，戲迷與情人，是說不盡的疊影和錯摸，發生和完成在舞台咫尺，即使與我埋首的古典戲曲資料道左相逢，也注定要擦身而過。

至於唐滌生，就更像一段遙遠而迷離的傳說。一位編劇家，在欣賞自己巔峰之作的首演而昏倒絕命，藝術家把自己深陷在美的對象，無法抽身，竟至以生命相殉相隨，也實在未免太淒迷了。後來研讀中國古典戲曲多了，才發覺他為仙鳳鳴編寫的幾個劇本，實在是不可多得的好戲，與元明戲曲並列而毫不遜色。清風拂柳，好音長在，中國文學中極其優秀的戲曲劇本，竟然完成在二十世紀中的香港戲班。戲迷幸甚，香港文學，更幸甚！

所以懷念任姐和唐滌生，是香港人張揚藝術文化的合理、更合情之事。走在幽暗的博物館，實在無必要說得過分沉重。我非作客，愧言才氣，只挾幾分相思而來。戲迷情人、天才編劇，在懷舊的光影中，手稿、舊劇照、戲服，我們仰首低頭，相逢得真實而迷離。滑過身旁的訪客，指指點點，說那是任姐打牌時愛穿的紅衣，任姐竟然拍過日本女裝的照片，唐滌生原來也寫得一手好字，唐哥編的劇本真多！

展覽雖然辦得很好，可是四堵高牆，再苦心經營，還是無法關得住我們的思念和神往，這是一種無盡的綿展和永恆的汩汩。博物館外，時代在轉換流逝，城市氣息催逼人人生活匆匆，粵劇這邊廂申請世遺成功，那邊廂仍然為薪火難傳而顛撲焦急；博物館內，游移的腳步與逡巡的目光，我雜入其中，低頭、仰首、聆聽、輕撫、傾心，歲月如煙如霧，多少個如水的涼夜，多少段借妙韻清歌來抒發的心事。箇中消息，唐滌生早借江家五小姐玉梅的才華暗傳：「小姐捲簾，彩蝶破窗尋彩蝶」，藝術，是永遠在前翩翩起舞的彩蝶，教人類不絕追尋和嚮往。尋蝶追蝶，原來是才人的暗語，唐滌生改編《紅梨記》，最精妙處是加入了「蝶影」，汝州因「追蝶」而與素秋相會，生起無窮的纏綿悱惻；梨園藝術，不正是一段段的追尋和相會嗎？前人的天分與才華，早就翻過高牆，妙舞於園林。我們驚羨之餘，也就一起捲簾、破窗，尋彩蝶去！

油麻地戲院的歷史書寫

關於油麻地戲院的身世，既不曲折，也不迷離。一九三〇年建成後，油麻地戲院一直安守本分地播放電影。八十多年過去了，是香港現存唯一的戰前戲院建築，即使在日治年代，也仍繼續營業，單是這份堅持和歷史的蜿蜒，就足夠它有自己的獨特書寫。獨特，才叫人難忘和心折，也才有書寫和記錄的意義。由默片到國語片，再經歷港產電影的黃金歲月，如果比附市井潮流的「香港精神」，也可強行解說這就是自強不息的故事。至少在難以經營的日子，戲院曾首創一張門票全日任看的求生方法，放映的雖然多只是日本色情電影，但亦算是創新出格，絕地求生，說中了香港人甚麼獅子山下自強不息的濫調。

說這是濫調，或許有點冒犯，不過評價一所戲院，只從商業的生死存亡角度看，未免狹隘。未拆卸重建之前，油麻地戲院早就守在果欄和公廁之間，數十年來，風雨未改。難改的還有黃色味道十足的電影廣告，青少年時代，偶爾乘車或步行經過，如果抬頭，總看到一道道色情電影的名字，伴着幾幅誇張的大型海報插畫，高亢招展。

從地理位置看，油麻地戲院守在窩打老道的邊端，比近新填地街、廟街和上海街這些江湖味道十足的地區，那年代的「古惑仔」和「江湖情義片」，不用走進戲院，在油麻地戲院附近就常有真實版上映。你打戲院的正門步出，右轉是公廁，左拐是果欄，背後是酒色財氣的廟街，前面則永遠泊滿一輛輛卸貨貨車，肆無忌憚橫霸着窩打老道北行的行車線。那年代，我常在窩打老道另一端的普慶戲院，看周末早場重映的任白戲曲電影。年青時代的男孩子，生理心理，好奇又忸怩，如今都已經僧廬聽雨久了，油麻地戲院的鹹片海報，早沒入城市急速發展的碾壓堆填過程，不過如果靜下來，反而覺得仍是城市的一種印記，不容易忘掉。

料不到近年會常到油麻地戲院。政府活化油麻地戲院，改建成戲曲中心，八和會館在這裏舉行「粵劇新秀演出系列」。這裏成為粵劇新秀的試練舞台，積累演出經驗的寶地，我幾次到來，都看到接近全場滿座的盛景，實在欣慰而興奮。如果要用油麻地戲院的變化來說香港社會的滄桑，未免有點為文造情，不過由八十年代中後期開始，專放映日本色情電影，到今天成為梨園新秀的台板，進場觀眾身份階層和動機期望，也是風馬牛難相及。現在的油麻地戲院，不一定比以前播放色情電影的時代更莊嚴崇高，而且這也不是最重要，但在許多古老的建築物，在城市發展中拆卸搬遷，它能以另一種角色和氣質，進入香港文化，在香港史留下重要的身影和位置，實在美事，而且映襯出許多戲院不同的發展故事。

君不見多少戲曲表演場地的際遇嗎？利舞台這貴族仕女，最終沒入地產和資本主義的急風塵霧；「新光」像老去無華的婦人，永遠顛危危地獨坐一隅；高山劇場彷彿偶遇的霧水情緣，是情感空白期的代替品；真命天子似乎是遙遙在望的西九龍戲曲中心，但那段海誓與山盟，總叫人可望不可即，尚未執子之手，更難想到與子偕老。只有油麻地戲院，宛轉重來，竟變成戲曲中的一段老套，卻是觀眾愛看的情節，是還陽再生的妙齡少女，依稀音容，再見是為了終生廝守。可貴處是親切可讀，平易近人，無論是活化前後，這種深嵌在市井尋常的可親，感人深矣。

油麻地戲院在一九九八年七月關閉，二〇一二年七月重開，再回頭已是另一番模樣。相隔十四年，足夠始皇和胡亥敗去一代江山，香港回歸也已兩易特首。重新開幕的典禮，我也被邀在座，因為遲到，幾乎與特首同時到達，因此進場時四方簇擁着官員、記者、保鑣。特首在台上致辭，無甚表情，稿子當然另有人代筆，所以讀不出他有多少推動粵劇的決心，但我仍打自心底裏多謝他。有人以為將一間專放黃色電影的戲院改建為戲曲中心，格調不宜，也唐突了戲曲藝術，這種想法無疑是只有裝進去、永不倒出來的封閉，對於油麻地戲院的影響不大，反正它已經重新站在這裏，對於粵劇發展，就障礙重重。藝術的內省是追求獨特和個性，面向時代環境，就需要包容和素養，沒有這樣的胸襟識見，粵劇當然只餘下過時和老套的歷史評價。

我想起研究蘇軾的教授說詩人在惠州居處被改成公廁，老人家搖頭嘆氣，我則反應不大。我三遊惠州，到過惠州西湖、朝雲墓、釣魚磯，東坡在這裏冶遊處處，和道士高僧笑語流連，惠州隨處可見販賣文豪的事蹟，這樣形而上的書寫，早已深深嵌入惠州的歷史，多了一所公廁，我不介意，豁達如東坡，當然更不會介意。

我對油麻地戲院的改建，更加認為與豁達無關。油麻地戲院從來都不忸怩作態，在油尖旺，它就是一種存在，而且光明磊落。守在公廁旁邊，灰牆矮檐，近年在旁邊多矗立一單幢豪宅建築，氣勢形態均被比下去。可是，管他花部還是亂彈，粵劇在這裏就是一種高雅和堅持。嗜欲深者天機淺，我們對於粵劇，甚至是其他的文化藝術，其實並沒有過分和奢侈的要求。香港人愛懷舊，我的懷舊是要品味感覺的。要緬懷油麻地戲院的過去，紅磚屋、門前兩條石柱、天花和放映機等，都是物理的真實保留。中國戲曲的妙處就在這裏，台上台下，戲裏戲外，真實的是那份寫意和距離。說竇娥是東海孝婦故事的發展，誰真會在意當中多少的質實；《趙氏孤兒》是否《左傳》的故事，大家也不計較，我們只關心這一夜誰是文武生，花旦在昨夜的感冒好了沒有，仍然開不了聲嗎？

把油麻地戲院變化的滄桑緊裹在一片迷離中，似乎也可聯想到與粵劇發展又似有暗合之處。藝術的世界，我們最重視個性。甚麼要堅持，甚麼要蛻變？西九龍的戲曲中心據説是夠先進的了，但作為一種古老的藝術，令它年青的會是甚麼呢？書寫油麻地戲院的歷史，不能從中國人愛用的本紀列傳的寫法，人物在這裏不佔最重要角色，當然也沒有人強求成一家之言，可是歲月的史家筆法，仍然在追尋段段和種種的獨特流逝經過。油麻地戲院的崇高與玄妙，是在這種基本人性需求到心靈品味的流轉中完成，不一定問誰站在高處，不去強問，但我們懷念。

究竟懷念甚麼，無法說得準確。不要鑽進情色的空洞抽象陳述，先不要一來便搶佔道德高地，或者來一大套後現代、文化現象分析的術語。香港人動輒就說核心價值、集體回憶，卻不認識到自己不經意便站到歷史的對岸，從沒有真正的現場感。就像我們珍愛粵劇，並不因為它被列入世遺名錄，更與甚麼保留記憶或捍衛價值無關，因為這些已被濫用得近乎市井套語的說法，不但委屈了粵劇，更漠視一切藝術的獨特性，強行把香港的文化歷史一塊塊地切割開。事情的真相並不複雜，粵劇，真實地存在於香港過去百年，蓬勃興盛，由劇本到演出，出現了很多出色的作品，許多年來，成為市民最重要的娛樂。過去和今天和將來都一樣，有人喜歡，有人不喜歡；政府只要製造更多的場地和條件，讓更多的人喜歡，也讓更多喜歡的人可以喜歡，已經很足夠，其他的一切，自然有藝術自存的道理去完成。

除了懷念，還會記得，我記得七八十年代是我成長的年代，也在這段歲月中愛上了粵劇。我更記得七八十年代是個性飛揚，但也同時是開弘包容的時代。那時候，沒有人規定你喜歡甚麼，同樣沒有人指定你必須要討厭甚麼？那時候仍未發生天安門慘劇，當然便沒有人會發瘋地指着你問：「你支唔支持平反六四？你講！」因此我說那是個性飛揚、開弘包容的時代。不要說藝術，就連一所戲院，我們也容許它獨特，播映色情電影無甚大不了，反正它在走自己的路。我懷念，我期待，每個人都可以看見自己，也可以看到自己以外的東西，他們不會困在家中，就是要看色情電影，也要買票進場，坐在陌生人旁邊，花上一兩小時。因為大家都知道、相信和尊重，除了自己，還有其他人和其他人的愛惡。

是世界的灰度深沉了，還是社會的瞳孔生了黃斑病變，日復一日收窄了視野範圍？終有一天，滿街都是瞎子，摸象，就可以成為最時髦和合理的遊戲。可悲的是，到了那時候，油麻地戲院的色相和歷史，仍然用着你和我和每一個香港人的禿筆，一路書寫下去。

玻璃門後

——寫給即將入讀和已入讀醫學院的年青人

女兒到大學的醫學院面試，我管接送，把車子泊在大樓外的樹陰下等待。六月的太陽火毒，烈日把醫學樓的玻璃大門變成眩目鏡子，反照的日光逼人眼目，教人不能直視，來面試的應屆文憑試考生，都聚攏在玻璃門後的空調大堂。隔着反光的玻璃門，我當然看不到女兒，只見到反照在門上，炎熱的行人們匆匆走過的倒影。隔着門，烈日與空調的「世態炎涼」，是兩片判若雲泥的天地；分別，當然不只因為氣溫的高低。

一九一一年，香港大學正式成立，原稱香港西醫書院的醫學院，併入而成為大學的首個學院。過去一世紀，考進醫學院，是許多香港中學畢業生和父母的心願。管你原來的興趣是歷史、文學，還是經濟，到了考大學選擇報讀學系時，父母都希望子女選醫學院。望子成龍的文化套語，考進醫學院，是最簡單的呈現和表述。專業人士、社會精英，雪白的醫生袍飄拂擺蕩間，總令人相信可以搧出成功、地位和富貴。

樹陰下，我看見成群的年青醫學院學生，男的女的，不時進出。側頭望向另一邊的巍巍高樓，連名帶姓的醫學院名字刻鐫在白牆。記得數年前，學院為了香港首富地產商的冠名，惹來一場風波。名者實之賓，道理本來就很淺易，對於醫學院，名字重要，還是教學質素重要？一番擾攘躁動，今天社會早已忘記這事，如果真有不應忘記，或者永遠不要忘記的，是這學院能否為香港一代復一代培養出優秀醫生。看着呆板無力的地產商名字，我不禁暗笑：中國傳統向來崇尚義利之辨，「利」的最高境界，本來不一定要傷「義」。今天，大家心安理得稱呼那種把義利一刀兩斷、吸啜黎民膏血的地產商叫「超人」，集體愚蠢地忘記：「超人」兩字，管他來自美國或東瀛，也不問是肌肉男，還是鹹蛋型的一種，總應該保衛地球，救急扶危，而不是因為他有很多錢。我們的社會，既然從來都重利輕義，此時此刻，還何必要為區區的學院名字着緊？

思緒無端，而且亂走在充塞頭巾氣的腦袋，在無賴的午後飄蕩難繫。黃仲則詩句「十有九人堪白眼，百無一用是書生」，在香港最高學府的醫學院門前，或者是一場錯誤的背景設計，我們不會感受到清代乾嘉的盛世哀音。「似此星辰非昨夜，為誰風露立中宵」，天才詩人的潦倒貧寒，當然更不能成為這一個下午的主題。女兒仍未出來，玻璃門後，卻不時有一張張十九二十歲的青春笑臉走出來。

這就是我們社會下一代的精英？

至少從考試成績來區分，這樣理解合情合理。書生，在這裏有無限的可能和前景，沒有白眼，只有叫人期待也叫人羨慕。只是看見他們穿着有些牽強的白衣袍，與稚氣未除的眉梢眼角，有點不相襯。可是，看到閃爍在他們歡聲笑語後的聰敏和靈慧，誰都相信江山代有才人出，而且為此而欣慰。年青人，你們知道嗎？我卻清楚知道，這是一首意象繁密卻含蓄溫婉的詩，意在言外，讀者有無窮想像的空間。閱讀的過程，我們追求靈動清空，更追求勸善尚德的文學用心。

由藝術回到人間，我其實找不到你們與我工作的學校內，那些居住和成長在天水圍的學生有何不同。因為年青人都一樣，管你智商高至一百八十，青春，公平貨真價實，看你自己如何揮霍。陽光燦爛，一群人走在一起，總有一兩個高聲浪笑，指手畫腳，偶然作狀追打身旁的同學。詩，從來不分階層國度，年青的歲月本來就是躍動的詩句，無論是笑生雙靨的美麗少女，還是架着笨重眼鏡的沉實男孩，在太陽底下都一樣——哪管在翰苑館閣的薄扶林道，還是野老興逸的天水圍。

從事教育工作多年，我從來不崇尚精英主義，因材施教可能是更準確的說法。大抵因為成長的經歷，令我深感精英的標準和篩取途徑，很不可靠。一向不大支持甚麼「傑出學生」選舉，因為那標準浮疑無信度，誰人有權力和權利，為青年人制訂「傑出」的定義。我在文學課堂，遇過文筆平庸、但會為讀一首古詩真誠動容的學生，同樣也遇過動輒比喻連連、手法術語成籮的同學，若問誰在文學世界表現更傑出，你和我未必有相同的答案。同樣，我也見過不少聰明絕頂的學生，在課室內八面玲瓏、妙趣橫生且創意無限，可偏是到了公開試，不管如何用功，仍是節節敗退。「傑出」兩字，像鏡花像水月，不因為虛幻，因為我們明知它是存在，只是我們不要如此天真，以為自己憑着凡人的智慧和判斷，輕輕一撈抱，就可擁入胸懷。

有前行和發展，就會有快慢緩舒。「傑出」、「精英」云乎哉，說到底也只是生命中某時某刻的註腳。關了引擎，車廂變得酷熱，可是女兒仍未出來，我安靜地坐在車廂中等候。說到等候，香港公立醫療制度的特點，就聚落在，個「等」字，這與經濟水平成反諷式呈現。輪候新症，動輒可以一至兩年，簡直透出黑色的幽默。這是資源投放的問題，萬方欲問，皆問政府，官員木訥單調的回應後，叫人期望的更是醫護人員的熱誠和態度。

沙士一仗，香港人在一片悲情中看到值得自傲的醫療隊伍，令人想起《能改齋漫錄》卷十三有一段記范仲淹的說話，千古有名，為醫者不可不讀：

公微時，嘗詣靈祠求禱，曰：「他時得位相乎？」不許。復禱之曰：「不然，願為良醫。」亦不許。既而嘆曰：「夫不能利澤生民，非大丈夫平生之志。」他日，有人謂公曰：「大丈夫之志於相，理則當然。良醫之技，君何願焉？無乃失於卑耶？」公曰：「……能及小大生民者，固惟相為然。既不可得矣，夫能行救人利物之心者，莫如良醫。果能為良醫也，上以療君親之疾，下以救貧民之厄，中以保身長年。在下而能及小大生民者，舍夫良醫，則未之有也。」

「不為良相，便為良醫」，是中國傳統對知識分子利民救厄的德性要求。年青人，如果你無意「利澤生民」、「救人利物」，或者全無關懷老弱之心，那為甚麼不從商呢？在我就醫經驗中，每次遇到那些穩坐醫生椅上，從不瞧我一眼，藏在雪白口罩背後的雙目，只死命盯着電腦屏幕，噼噼啪啪，醫療過程就只是病歷的電腦文字輸入的醫生，我就會冒火三丈。不說望聞問切，即人與人相對溝通，目光接觸是基本禮貌。另一種是當我向他詢問自己的病情時，他會眉蹙嘴翹，露出奇怪和不耐煩的目光，讓我懷疑自己是天底下最囉嗦的人。醫生們，我多麼希望你明白，我不是在問某某股票的價位，也並非關心某位明星的私人生活。我想你告訴我的，是我的病情，那帶給我許多疼痛和無盡擔憂的病徵和病症。即使多問一次，而且洩露多了幾分愚笨，你也不要露出討厭的神情，更不要動輒就說「咪講過囉！」、「唔知嘅噃！」這些嫌棄的話。

牢騷叨絮，只因我也曾是病人。去年的生病經歷，讓我深信遇上好醫生，是前生修來的福分。「活我自知緣有舊，離君轉恐病難消」，這是清代詩人袁枚對好友醫好他久病的贈作。人生在世，有好友當上良醫，是福分，所以實在難怪香港這麼多父母，日夜渴望自己的孩子能考進醫學院，除了富貴尊榮，老來有一可信的醫者守護，是萬千福氣。聰明的年青人，你們站在生命燦爛的原野，連一片枯葉落地，或許也只聽出其中的鏗然。不過，原諒我的苦口婆心，為醫，的確是一首待鋪寫的詩，要有連編聯想和通感想像，不用等待自己也要到了「病骨真成驗雨方，呻吟燈背和啼螿」的暮年歲月，才知道關懷病中的輾轉。風雨過後，如果你願意拾起這一塊枯葉，在零落褪色的脈痕中，自會感到內裏早含的滄桑與脆弱。

年青人，我在樹陰下看見你們，為你們的青春和朝氣所騰發鼓動，祝福你們的本領和遠大前程，因為這其實也在祝福那些今天仍健康、但難免將來有病來襲的病人。當你們被視為「精英」，你們知道其中的內涵和周延嗎？醫學大樓聳立沙宣道的半腰，往下走是無垠湛藍的海景和豪宅，往上是老牌的公立醫院，走進去，你會看見這裏到處是病弱期待的面容。年青人，有日你名正言順從醫學大樓走出來，你的選擇，或者你關注的目光會投放在哪裏？斜斜的長路，把富貴繁華的美夢和憧憬，瀉走在藍天綠水的港島半山空氣中，還是教人仰首難及的山頂？仰首難及，在於公立醫院的位置，也在於關情的道德高度……

午後陽光依然燦爛，女兒終於也在玻璃門後走出來，向我招手。

觀・課

數十年和教育廝磨耳鬢，觀課經驗實在累百上千，不同年齡階段，會以不同身份坐在課室，原因、目的和期望都不同。當學生的時候，課室觀課是很有趣的事。那年代不流行觀課，課室內難得會多出現一兩個成年人。不過看見老師煞有介事，擺出前所未有的認真，同學間當然一陣熱鬧。到底是年日久遠的事，而且七、八十年代，教師神聖難犯絲毫，課室是老師權操一切的王國，像持家數十年老傭的廚房，一匙一筷，一碗一碟，都成為私家秘藏，不可輕易越雷池半步。

到了為人師，我當然知道每次觀課，自己是被觀的對象。行政需要，專業交流，完成教育文憑，無論是甚麼原因，被觀課者總有心理壓力，不過我從來都不會特別為觀課而多作花巧，態度是應該認真，但不宜作假，以免給學生和自己訕笑。我早就明白真正的觀課，在課室之內，也在課室之外。聽聞過一個笑話：老師被觀課後，一位學生氣沖沖的在課室門口拉住他，半罵半疑地說：老師原來你可以教得這麼好，為甚麼平常這樣馬虎？說是笑話其實涼薄了，喜劇背後是十足的悲情！老師以為只在這一節被觀課，努力準備妥當，交出了漂亮的課堂，結果反而被「觀」出許多「節外的課」。

當上校長，觀課次數更多，不過都是觀人者。現代教育理論發達，課程改革更令事情變得輕鬆平常。在我工作的學校，規定每位教師每學年至少被觀課一次，也要觀其他同事的課，老傭的廚房徹底開放了，七八十年代的金湯固守，不再存在。課室內，我坐在一角，看着學生和老師，在你們之中，也在你們之外。方方正正的數百尺空間，我是觀人者，也是被觀的對象。教師當然緔緊了神經，在末梢處顫抖，學生呢，相信自己是主角也是一種福分。教育理論近年大談後設認知，強調學習者如何認識、管理、監控主體的學習云云，高深術語落在簡單人生，結論顯淺。成長中的年青人，不會是成年人可以在框框課室的四堵牆壁，觀察總結，然後輕易地寫成定論。

對於我，觀課有許多的聯想，是常規工作，也是思考觀察教育的良好時機。每次我坐在課室，看似正襟危坐，其實很多時神思四蕩，早隨窗外微風散到校園角落。觀課可以觀的太多：教師談吐儀容、學生精神態度、課堂氣氛節奏、教學效能、設計、秩序，還有課室的整潔、壁報有沒有更新、黑板屏幕等設備是否已經蒼老得是時候更新。不管是不是理論，我都一股腦兒還給教育學家，而且是專講理論的一派。我只愛問老師：你準備教的都教了嗎，學生學到了沒有？你覺得他們懂不懂，他們有沒有因為課堂太沉悶，正準備轉身遠去；還有重要的是這一節課你快樂嗎、你有滿足感嗎？

如果我們一起把視線傾注窗外，教育之外，又是怎樣的目光？在香港，教育不被社會視作專業，甚至教育界中，也有不少持這種看法的同工。究竟，責任該由誰負？一種説法是進教育界的都是次人才，因為在香港，最聰明能幹的青年人，會選擇投身醫生、律師等真正的專業，又或者是「搵真銀」的財經地產界。在香港，教育和專業，是對有名無份的夫妻；教育和名利，對不起，更加是隔岸青山，遠望而不能近即。我在教育界多年，雖然早就清楚和接受名利不在職業回報之內，心中更明白最聰明能幹，而又偏偏喜歡教學的人，還是會選擇去當教師的，而且如果人才的定義，是指對世界有貢獻、有關懷，結果就更不能如此解讀。但教師是一種職業，職業叫人安身立命，換來養妻活兒，也成為建立自我形象的某種憑藉。這種內外交煎、互為滲透的氣餒和自傷，我也要承認，有時確是不容易排遣的。

社會不尊重教育界，甚至帶着駁雜的輕視和歪曲，是不爭的事實。像大家如對電影和電視劇的內容認真，就只能注定生氣。印象中許多電影電視劇中的教師角色，都不大可愛，是非不分，怕事又計較，男的一副純種小男人形相，女的則架着粗框黑眼鏡，穿上舊款式西裙，頭頂弄個髻就變成老姑婆形象。偶然出現有熱誠愛心的男女主角，一定是另有專長抱負，或因與父母賭氣，又或是別有任務在身，偶然流落教育界而已。劇情到最後，總是主角要重回自己的世界，一班原來頑劣不堪的學生，覺悟前非，露出不捨的表情，再唱着感動人的歌曲送別。這樣千篇一律的故事和塑造，成為數十年來的老套劇情，但竟看得香港人心安理得，猶如巴士車後的補習天王全身照片，人人知道其中的生硬堆砌，可是大家駕駛車子跟在後面，只會偶然指指點點，嘲諷取笑，卻從來沒有深刻領會其中溢出、踐踏和異化了多少教育有心人的熱情和心力。

我常覺得這種輕侮嘲弄，非常值得教育界反思。為甚麼電影電視裏，總有許多嫉惡如仇的勇探，維護正義的律師，仁心妙手的醫生，影視傳媒人數十年來，循環往復地歌頌這些行業的角色，卻對教師如此吝嗇和刻薄。任何影視編劇、導演和監製一定曾經是中、小學生，成長中未必認識多少律師和勇探，醫生也一年見不上幾回，可是他們一定遇過不少老師，而且年年月月的相對，為甚麼到了他們長大後，一筆在手，擁有描繪刻劃的權力時，竟然都得出相近的造像。為人師者，是否應該明白，究竟是社會對我們誤解太深，例如以為大家只懂遊行示威、爭取小班教學來保住飯碗、語文水平不足就反對設置語文基準試，還是當學生畢業時，真的只帶着這樣的僅有回憶離開學校。我們要怎樣做，才可以真正捍衛自己的專業、道德操守、誠信責任和學理熱情，不須每天現着青筋，聲嘶力竭地高呼和尋找，卻自然真實而客觀地存在每天的教育工作，而且展現出自信與雍容。

如果我們是被觀的一群，一定不是課室觀課那狹隘的空間和意義……

觀人觀事觀教育，一切的哲學都在觀與被觀之間徘徊，誰是主，誰是客。

觀人者人恆觀之，「你站在橋上看風景，看風景的人在樓上看你」，我在這裏想起卞之琳，把他引進此文，他的詩句自是我夜深窗前的大好月色，我，或許也是把他這道風景送出去的微弱晚風。總之，看和被看都未必可以完全自主，就管不得別人的夢和誰的窗子。這裏有宗教哲學的思考，佛家說：「其心若迷，佛是眾生；其心若悟，眾生是佛。」中西方都在當中沉吟細味，《五燈會元》的「見山只是山，見水只是水」，笛卡兒的「我思故我在」，殊途而同問，想通了你就明白是不是次人才不重要，而且自以為是優等人才的請注意，小心你一咳嗽，就把古今中外的智者都笑掉了牙！

無論是主是客，觀與被觀，往還答贈相當重要。就像不管是為了行政，還是專業，觀課後要有交流分享，說這是回饋和提升。生命中的悠悠事業，到最後，還是一樣的檢算方法，一生的熱情和期望，我相信總有回饋和答贈的因緣。學生是不是影視編劇不重要，因為教育的世界主客從來模糊，學生寄來一張聖誕卡、學有所成、成家立室，只要知道在其成長中，曾有點滴細雨是自己的心期，已經足夠，正是「半夜燈前十年事，一時和雨到心頭」，至於觀與被觀、誰主誰客，才真是次要。

MK中年

八十年代，我在旺角私校唸預科。自命不凡的年輕歲月，看不起老師和同學，所以經常蹺課，然後流連在快餐店、書局和戲院之間，讀自己喜歡的書、寫自己喜歡的文章和看自己喜歡的電影。那時候的旺角，夾雜在繁忙和市井之間。它由太子站一路蜿蜒而來，疆界分野帶點模糊；另一邊向油麻地坦蕩伸展，彌敦道像拋出的水袖，一揮舞就輕躺在遠處的太空館和文化中心臉前。走在旺角，你會清楚感到，這裏既具深水埗的草根色彩，又隱隱染有油尖旺的江湖氣味，一直展示着自己的獨特品位和流轉模式。

也是八十年代，地鐵剛通車不久，只有荃灣線和觀塘線在運作，由中環至荃灣的路線，是整個地車網絡的主軸。那時候，旺角是寥寥幾個轉車站之一，責任重大，也因此格外的繁囂和忙碌。各個出口在不同方向伸出，東西南北的指爪開展，像隻俯伏在城市的蜘蛛，偷聽着一個年代的呼吸聲。地下密密交織的水管，遊走旺角，就仰仗這樣的縱橫交錯。彌敦道和亞皆老街交合的十字路口，銀行商廈林立，人群像去去來來的潮水，從四方八面地聚攏在紅綠燈前，等待一擦身，又向四方八面流散開去。

我愛在這種喧鬧中，尋找心靈的靜寂，逛書局成為每天必做的課業。那時代的二樓書店，臥虎藏龍，像梁實秋散文說的一樣，書店主人可以是目錄學家或藏書家。田園、學津、貽善堂、學益、新亞……當窮學生的日子，逛書局，錢包裏有三十元，二十五元用來買書，兩元吃麵包，三元坐地鐵回家。這是我閃耀的青少年時代，漏走了一段許多年青人都擁有的預科校園歲月，卻掙回絲絲縷縷的城市流離，除了足球，這些日子也一樣亮麗難忘。我像一枚不經意掉滾在旺角街頭的銀幣，跌宕顛簸，在幢幢旺角高樓的掩映遮蔽陰影中，滾到暗淡的街角，從未被人留意和發現。直到燦爛無私的午後陽光，在高樓與高樓之間，送我一份耀眼的光明，那時候無時無刻不自傷於懷才不遇，但我仍然深信自己的才智與才華，縱然暗啞在鬧市的人聲車聲之中，鼓動翅膀的風，卻從未止息過。

除了買書，偶爾蹺課看早場電影的日子，也是成長的重要經歷。那時候，電影是要走進電影院看，不像現在坐在電腦屏幕前面，隨意下載；更不可能是光天白日，在地鐵車廂內看。看電影，在資訊科技雄睨一切的現在，變得隨機隨意，時間和心靈都跌價不止，隨時可以看，沒有耐性就關機，一切像從沒有發生。網上就是力量，現實生活在虛擬真實的錯疊交纏中，不容易分得清楚。不知是否這緣故，戲，在今天，就變得不大好看了。

更多時間和最難忘的，是坐在快餐店一角寫作和看書。常聽到J. K. Rowling在窮陋咖啡店寫《哈利波特》成名的故事。三十年前，我也愛坐在快餐店寫作和閱讀，沒有名利的野心，只有喜愛文學的慰藉和親近。港產片的電影世界，把旺角寫得單薄膚淺，叫我更不遂心的，是我的旺角並不是只有古惑仔和「馬伕」，快餐店的一角，縱然永遠有不停來收拾杯盤的清潔員工，於我卻是寧靜安詳的角落。我感染不到甚麼江湖義、兄弟情，大城餘下小景，鄭伊健、古天樂，浩南、山雞，都只是一種寂寞的投影，更如小孩子追慕的一張動漫貼紙，管他是反斗車王，還是通天奇兵，都始終會消失在成長的歲月，變得不再重要，甚至毫無價值。無知不可以是永恆的狀態，到了某年某月，猛回頭才知道這些電影中的廉價情義，原來只是光影的誤區。

電影導演接受訪問時說：我只是拍電影的，沒有教化的義務，如果古惑仔電影可以教壞人，我就是教育家了。看他架着眼鏡，在電視屏幕前說得理直氣壯，雖不值得欣賞，但我仍願意尊重。事情的確耐人尋味，江湖片受歡迎，是大家都崇尚情義嗎？當中的粗濫，有點像百貨公司大減價時堆賣波鞋，三十元一雙，不可試穿，全是斷碼。斷碼波鞋的攤檔圍滿了顧客，是否說明社會上需要很多的波鞋？像大家爭着走入戲院，追尋虛無和不存在的情義，我們是否就活在一個崇尚情義的社會？尚善的藝術心靈，不能喬裝，老天見憐！也請勿喬裝。

「士先器識而後文藝」，這年頭誰也賣弄這一套，我們看立法會的過去和今天，看政府總部門內與門外，看傳媒貌似激情的冷淡，你會忽然明白，道德只是宋明時代的城樓貞節牌坊，懸於高處，人人仰首慕嘆，可誰也沒有足夠的高度，可以觸碰得到；也像獵人丟掉在林間的斗篷，誰願意都可以拾起披上，管你是羊，還是狼？事到如此，我寧願尊重坦白的電影導演，尚真尚美尚票房收益，固然可以選擇，藝術如果真的關心社會，我們自然明白和相信，沉澱在底層的仍然是流轉不居的生活氣息，不是所有男主角都夾在兄弟和女人之間，更加不是所有女主角都被迫淪落風塵——即使這裏是我們熟悉的旺角。

問題就在其實我們是否真的熟悉旺角，我的三十年來印象，留得下多少真實的痕跡？一般人都不喜歡駕車進入旺角範圍，泊車困難，道路狹窄，人多商店更多，遍佈横街窄巷，車輛闖進了，一定進退兩難。旺角的「旺」，有它獨特的散發和演繹方式，説人多，沙田、尖沙咀、中環和銅鑼灣都不遑多讓，旺角未必就獨佔着一個「旺」字。反而品流複雜，三教九流無不染指，令社區的形相多面難塑，年前有狂徒從高處拋擲腐蝕性液體，火燒牌檔，傷亡不少，突然間危機處處，出入旺角變得驚心。但這些不是旺角的本質，只是都會城市諸般人間色相的偶然定格。

在旺角出現的人多數不住在旺角，到來這裏的人，彷彿都是為了等待在夜深人靜時離開。這一個黃昏，我們吃過牛什和魚蛋，走到行人專區，一個略見肥胖的婦人，用手指頭沾着白色粉末，伏在地上寫字——又是一個身懷絕技卻淪落他鄉的故事。她一張臉藏在蓬散的頭髮下，全神貫注一筆筆的勾勒。她寫着不同字體的「福」字，由篆文到楷體，字功和筆力都好，雪白的粉末線條在夜色中穩定堅實，我站在她身後，只看到那俯伏地上、微微顫動的背影。旁邊圍着不少途人，每當有圍觀者把錢放到地上，那埋在亂髮中的臉會稍稍側過來，點一下頭。我們把零錢放下，她也側着臉點一下頭，沒有說話，一段萍水相逢也只能止於此處。

另一邊是看不出年紀的合唱樂隊，結他手邊彈邊唱歌、搖擺着身子，一樣圍觀者眾。我沿着街上走，心中想設立行人專區是甚麼意義，三十年來，車水馬龍依舊，馱着各自故事的人等，還是摩肩接踵地不斷聚攏，然後不斷散開，我們要為行人撥一個專區，不許冒失的車輛騷擾，是在努力找尋，還是等待相認？這時，在疊疊層層的電訊廣告宣傳直幅背後，我瞥見步上二樓書局的樓梯，踏步上去，仍然是八十年代初的幽暗和陡斜……

不知由甚麼時候開始，旺角都不叫旺角，大家都叫它ＭＫ。ＭＫ是

Mong Kok的縮寫，我當然是從青年人那裏學懂的，我覺得這叫法透着市井味道，也帶點冰冷，倒貼近此時此刻的旺角。ＭＫ仔、ＭＫlook、ＭＫ文化，聚集年青人，砵蘭街本來只令人想起桑拿指壓、小巴火鍋之類，我年青時在這裏遊蕩，舉頭看到許多風月場所招牌，酒樓麻雀館，永遠排着長龍的小巴。踏進新世紀，來個城市大變身，其中一段變成大型商場，朗豪坊成為年青人的專場。遊人仍然很多，動機和故事卻似乎不再複雜，像當年我這種流淌的歲月，更加早就凝固過期，是被遺忘的八九十年代電腦軟件，沒有人關心那段曾經存在的歷史，何況是當中一道道冰冷的程序話語。

現在，我漸漸步向知天命之年，此刻跟別人說要遊一下旺角，大家會覺得格格不入。天命可知，世道人情卻難以臆測，旺角在新世紀忽然年輕，ＭＫ沒有中年，甚至是由當日的中年市井，忽然返老回到青年，而且竟是慘綠的一種；我，當日愛獨坐快餐店一隅的青年，卻在相望的對街，慢慢華髮漸生，步入中年。這種感覺無法形容，互動與遷移，像電影導演緩緩推着鏡頭，神思和目光，我疑惑在固守的對望中，暗忖畫面應該如何調度。青春與蒼老，一些慣愛搬弄的詞彙：文化積累、公共空間、集體回憶、核心價值……，對旺角，都真實而不重要，我的旺角，是一段個性發展建立、與人文世界正面接觸的黃金歲月，當中萬千滋味——管它叫旺角，還是ＭＫ。

候鳥雙關

雁蕩山歸來，在飛機上的報紙讀到禽流感肆虐的消息。內地連環爆發，江浙一帶出現七宗確診H7N9病例，寫這篇文章的時候，已經蔓延至北京、嶺南，甚至台灣，還出現不少死亡個案。H7N9，叫人想到當年的H5N1，我唸文科，對這些弄不清是英文、是化學還是醫學的英文字母感到很迷惘，7和9，5和1，是多遠的距離，多大的變異，毫無概念，只知道專家說相信病毒的源頭是候鳥。

於我，這有煮鶴焚琴的味道。我一向對禽雀有好感，飛鳥自由好遠，家禽如雞鵝鴨，跟貓犬不同，不媚人也不傷人。本來，禽鳥在中西歷史文明，一直有很高的地位，「青鳥殷勤為探看」，不論文化藝術，但覺情深款款。至於候鳥，在中國文化則有更深和獨特的意蘊。候，一語雙關，隱含季候和等候兩義，既是自然的循環，又是思念的具體行為。對於等閒離別、相思易老的中國古典，是無窮的聯想和投射對象，翻開古詩文，滿目可見，在戲曲小說，也可以是重要的道具。馬致遠雜劇《破幽夢孤雁漢宮秋》，寫漢帝和王昭君的故事，昭君遠嫁匈奴，漢帝在宮中思念。馬致遠安排孤雁橫空鳴叫，襯托出全劇的悲劇氣氛，是劇中重要的角色和道具，既有舞台感官效果，又具文學聯想空間。漢史記載，昭君原只為爭取更理想人生，自願出塞和番，後世文人借題發揮，我們不介意這種人力干預和塗抹。至於候鳥會傳播病毒，在古典文學中雖沒有記載，但不難想像，在古代社會亦時有發生。只是我們纏綿期待，誰也不在意理會。到了醫學昌明的今天，一切在醫學顯微鏡下呈現得清清楚楚，候烏竟變得如此不識時務，甚竟害人不淺，實在無奈。只是回頭細想，大自然生態運行和變化，我們原來就管不了。

遊雁蕩，並不預想會看到雁，暮春三月，季節也不對。雁蕩得名，原在候鳥之有信，蘇東坡的「人似秋鴻來有信，事如春夢了無痕」，説盡人生的有情和無奈。蕩，是水邊，是湖澤，是積水長草的窪地。京劇粵劇都有《蘆花蕩》，演周瑜丟盔卸甲，張飛攔路窮追的故事，是欣賞戲曲排場功架的名劇。雁蕩兩字，在中國的山名中，相當撩人遠想；山名的由來，亦正是每年到了候鳥回歸的季節，群雁畢集聚腳於此而來。種種浪漫思懷，在現實世界，又變得縹緲無據，至少我悶坐氣溫調節得剛好的機艙，泛不出這樣的聯想。鐵鳥沒有氣候四季，只憑文明科技，也一定認得歸家的路，不會離群掉隊，至於以前要踏上黃山才看到的雲海，就在窗外，伸手可及。我清楚明白，天人合一，原來就不是自然科學的命題，人文世界怎樣處理，幾千年來，答案仍然疏陋極矣。

如今山山水水的美麗，人和自然的關係，全都變得複雜了，幾有對面不相識的感覺。沙士十年，人人回想當年悽愴情景，當年香港大規模殺雞，德禽一時之間遭滅絕之災，現在，大家都怕病毒也像候鳥，待夠了就要回來。導遊在行程中多次說遊山過程要運用聯想，我卻停留在看山是山、看水是水的境界。甚麼老僧、情侶、雄鷹、啄木鳥，都只是大自然幻奇變化的一個側面。雁蕩山是受保護的世界地質公園，導遊說這是新開發的旅遊線，所以遊客不多，真好！走在山中，青葱和山水，風聲鳥聲，都在身邊汩汩吹拂流過，醉人難忘。山石的峭拔和奇形怪狀，不一定要強逼自己運用聯想，變得圖像和畫面化。江山風月，本來就自有風神姿色，獨特地呈現着大自然的偉大和莊嚴，不必憑想像和比附來強解。

就像欣賞大、小龍湫，不論高矮急緩，自有道理。今次沒有遇上雨天，大龍湫的水不多，一道水柱在山頂奔下，高削是夠高削的了，但略嫌窄隘，無甚氣勢。古人多愛這水煙光影、靈動互映的美景，留下讚美詩句：「高風吹作雨，低日射成虹」、「龍湫之勢高絕天，一線瀑走兜羅綿。五丈以上尚是水，十丈以下全以煙。況復百丈至千丈，水雲煙霧難分焉」，一道水柱激射而下，未到潭面就被橫來的輕風吹散，化成縹緲的水花煙霧，輕靈可拂，的確動人。不過我看大龍湫，更喜歡那山水自然，行於所當行，止於其當止。樸素歸真，清新自麗，據說謝靈運的山水詩，不少產生於遊雁蕩之時，或者也是欣賞大龍湫的上佳註腳。

倒是山中的人工化部分，帶點反諷味道。年前內地開拍電視劇《神鵰俠侶》，在雁蕩山選取拍攝景點，小龍湫附近成了楊過苦候小龍女的斷腸崖，後來當局索性將那塊寫着「十六年後，在此重會。夫妻情重，勿失信約」的道具大石，永遠留下，作為雁蕩山的重要景點。勿失信約，彷彿是山中暗藏的聲音，由人到雁，竟然有了呼喚和暗渡。大批遊客在這裏擺甫士，做表情，追效模仿楊過的黯然銷魂，這樣的變化，作者金庸想不到，或許連聰明絕頂、當日想到這點子留住楊過性命的黃蓉，也無法逆料。最精彩雋永的是，當局為了方便接載遊人上落山谷，特別安裝了兩部電動升降機。想到如果真有楊過其人，十六年苦候的某一天，他忽然發現自己原來可以坐升降機到山谷絕底尋找小龍女，要生起怎樣的人物心理？

人工和天然，在雁蕩山一路巧爭豪奪，這些其實我都不介意，反正我也在拍攝電視劇《神鵰俠侶》留下的大石旁，拍了不少照片。雁蕩山中，我再有詩情，也只是一名遊客，只為避塵俗公務而來，更為山風美景而來，聰明地先將自己掏空，才容易容得下一切的真真假假，名勝詩情傳說，導遊說得流暢純熟。旅遊的硬道理，就是相信，就是不要挖盡事實的真相，這樣煞風景的事，留給哲學和科學好了。因為，天意和人事，的確悽愴傷心，我們只能永遠珍惜眼前。

不是嗎？我記得遊罷楠溪江的晚上，在酒店的電視上，就看到桂林漓江有遊船翻了，一個台灣遊客失蹤的新聞！

平板人生

開啟視窗，就如開啟人生。電腦進入平板年代，你把它橫攤在掌上，然後是生活的二十四小時都在這裏了，橫攤、平板、纖薄，生活都在這裏了！都說資訊科技滲入生活，體現人生，誰人家中無電腦，誰人不忙於在電腦前按按拍拍？天涯和咫尺，已經不重要——如果沒有真正的思念，因為我們這時代不需要牽手、不重視擁抱，不陶醉於偎倚，更不期待一個相重的眼神或微笑。我們在港鐵車廂，搖搖晃晃地站着，由邊關一站之遙的上水到煙火人間尖沙咀，沒有談話的乘客，一字排開六個人坐着，三個在按平板電腦，兩個在死命「捽」手提電話，還有一個呢？在瞪着那不知進退、吵了老半天的車廂電視機。

你的木訥來時
我像流浪街頭舉目無親的孩子

何時我寫下這樣的詩句，在電腦當機之前，還是飽嘗資訊科技全無資質天分的譏諷之後？不要說無力，就是要我朗聲唸一遍，也虛怯。不過我是希望讀的人有共鳴感受，最好還有點聯想的可能，例如像情人無端發怒，甚至變心遠去。當中是人心的互換，不是語言文字可以解釋，偏偏就是電腦最愛用語言，依賴它、搬弄它，而且一心一意把它提煉成嚇人的學問。鋒藏兩極，它們有時要你相信沒有人是一個孤島之類，所以氾濫着「分享」、「連結」（而且常常強調超連結）、「捷徑」，我們怎可以不感到、不相信這裏沒有疏離，地球在縮小，空間在消失，人與人間永遠觸手可及。在屏幕前，仔細體味感覺，語言就變得不一樣，用心讀，會讀出更多的意義。在自由的世界裏，我們的言論，忍受着最不自由的困厄。自由在這裏是一條吃驚的蛇，失去前行的目標方向，吐着紅舌，不停向前爬行，刮起了沙沙的吵鬧，雖然牠不知道自己其實要往哪裏去。

人海飄蕩，生命的意義就只有搜尋。一份工作、一個廝守終生的戀人、一個活下去的理由。背後是連串的不肯定，看不見，觸不到。在電腦上一按，就湧身入了茫茫的訊息大海，或急或緩，真耶偽耶，留下等待的剎那。搜尋的精義應在我們有優美的盼望，像《蒹葭》的「所謂伊人，宛在水中央」，於是我們才會撐一葉小舟，上下溯洄，期待着蘆花深處，有叫我們尋覓半生的絢美。當屏幕上的游標變為漏斗計時器，就是湧身躍入的剎那。喪氣的是只有追尋，沒有了期待，這種躍入就毫不絢美，只有愚笨的姿勢，而且粗魯地牽連着一個時代的地久與天長。科技發展，一大顯證就是愛説「delete 咗佢」，由一個錯別字到一段山盟海誓。消滅的能力不強時，我們會戰戰兢兢，不肯輕易出錯，知道情義道義之為物，擔當和卸下都需要責任和勇氣。現在手指一按，便能忘得一乾二淨，於是信口就可以雌黃。雌黃是古人的塗改液，本來不輕易用，因為刪改的痕跡很清楚，曾經出現或發生的事實，騙不了人。平板時代，慢慢這成了一種習慣或者意識，看見前面一個木箱橫在路面，我們不說搬走它，忽然會說：delete 咗佢；聽到一段勉勵人的老套話，也說 delete 咗佢。說不成人老了、退休了、孩子病了、妻醜了、朋友離別了、學生畢業了，也說 delete 咗佢！平板的語言少了彈性和自由，即使不說 delete，用「隱藏」，言論自由的憑藉在這兩字嗎？這或許是最大的誤會，惡由心生都計算在無法追尋。猶抱琵琶，本來是要令你看得見，看得神魂顛倒。這是最城市化的詞語，資訊科技發展到盡頭，大家以為掌握很多，偏偏就是有很多都看不見。世事沒有關鍵，只有關鍵詞，乍看，你只可以肅然起敬，嚴陣以待，以為這是通往和掌握全部的捷徑。資訊科技的欺世盜名，於此為甚矣！最關鍵的從來不是如此決定。追求平板與纖薄，似乎只餘下快速即時、寬闊無垠卻又陷入二維的狹窄。沒有了立體，只能在一條直線上前進與後退。甚麼是重要？甚麼是關鍵？變得很模糊。我們以為憑藉片言隻語，就可以追蹤捕捉。我們一方面要把一切無分界限、不計距離地鋪陳展示，沾沾自喜，叫這作資訊的高速公路，或者到最後，只是滿足了現代城市人的偷窺慾望。

「轉寄是條很有趣的折線，不是由一點到另一點才到另一點，資訊世界往往由一點以網狀急速擴散。因為有擴散的速度和力度，所以召集的力量不容忽視。至少比當年用月餅內藏紙條，呼喚反元復漢的土法，多了千千萬萬倍的速率，只輸了一分人文的浪漫，這年代不容許家國興亡的擔當和情義，用來團購可能更有時代意義。點擊人次成為摧枯拉朽的力量，像蘸滿顏料的畫筆在畫紙上狂揮，色彩四灑，然後到處都沾了顏色，沒有規則、沒有牽連。道生太極、太極生兩儀，兩儀生四象，四象生八卦，誰說不是一種轉寄。你說這都是朋情和緣分，是交友的激情，我卻只沉吟在老莊的空無。

最要關心的是首頁，一切如果回到重頭，象徵重新開始、回歸空無。無論我們曾經走到多遠，多麼無法追索如何走到此時此刻，只要一按，好像中間的過程，都可以忘得一乾二淨。首頁也像人的臉孔，對於背後，我們從這裏開始猜測，而且憑着一種直觀的經驗，去判斷隱含其中的悲喜惡怒。像相交的期盼，user friendly會決定追尋問下去的興趣，電腦再冰冷，啟示的還是人間的倫常法則。大家在努力地登入登出，透着存在主義的荒謬本質。每天究竟要重複多少次，才可以完成兩點之間的內容。點算一下，可能吃驚地發現當中只是一元的不斷重複，頻密而單調。每次向你要求密碼，看似嚴謹，卻應手而入，那像現實間真正的登門拜訪，登名山、涉遠谷、跨大海，時間腳程心力精神，缺一不可，所以才可以營造胸襟氣魄。所以離別也有一定的傷感，平板世界叫離線。這是似是而非的選擇，皮裏陽秋是另一種真實。一經上線，就永遠存在，我們以為可以按一下滑鼠，關掉屏幕，就可以一切回復私藏，誰也追蹤不了誰。我們原來都站在原來的位置，已攝入鏡頭的，早就流入歷史的空間，凝固塑膠，拿不走，去不掉，像這樣的詩句：

完全不愛了的那人坐在對面看我
像空的寶特瓶不易回收消滅困難

問題不在回收與消滅，在愛與不愛！

風斯在下

往電影院的路上，我問女兒：《風起了》的大概內容是甚麼？很科幻的嗎？我知道這是宮崎駿電影的特色，至少在我看過的幾部都如此。坦白說，我覺得這些手法有點造作，一向不大欣賞。藝術表達要意到工到，黏連而不着，有寄託入無寄託出，不是，更不需要如此強牽着受眾！但這次是宮崎駿收山之作，而且畫功配合電腦的畫面效果向來精彩，想單是這方面已應值回票價。女兒不知道答案，淡淡又調皮地說：「科科地吧。」我笑着補上：這導演最喜歡在影片中講倫常道理，所以「也一定倫倫地」——於是我們都笑了。

王漁洋談詩，說自己讀到唐末荊浩論山水的畫理，因而悟出詩家三昧。其言曰：「遠人無目，遠水無波，遠山無皴。」漁洋論詩，講究清遠神韻，借畫說詩，其理亦相近。日本動畫的筆法和色彩當然跟中國的水墨不同，我一向也同意東坡說「論畫以形似，見與兒童鄰」，這種對清遠神韻的藝術追求，是我始終和動畫有些隔閡的原因。料不到從電影院出來，有說不出的喜歡，一洗我看《哈爾移動城堡》的悶氣。果然是科幻與倫理糅合，後來我在互聯網上讀到評論，說這是宮崎駿電影中最富現實主義手法的一部。兩小時汩汩過去，在細緻入微的色彩線條組合縫織、黑暗而狹小的空間中，我生起了感動。

感動我的不是絕妙逼肖的畫功，也不是電影中陳義甚高的夢想，愛情部分亦刻劃不深，且是小說家言，並不是堀越二郎的真實故事。藝術表達本來就七實三虛，不值深究。從技巧層面說，電影中有老套極了的手法：愛人患上絕症、用夢境綴合故事、以飛翔來喻意夢想，偏偏就是這些老掉牙的調度，產生了藝術的撼動。小說主角堀越二郎在日本真有其人，而且有「航天之父」之稱。他一生致力設計的零式戰機，後來在二次大戰成為可怕的殺人武器，影響深遠。電影描寫它對飛機設計的沉迷和執着，既熱愛科學，也極具藝術家氣質，甚至會為一條魚骨的優美弧度而着迷。這些描寫，使劇情和意旨溢出了日本和二次大戰的框框，它不屬於宮崎駿，也不屬於日本，而是屬於全人類——願意追尋藝術夢想的人類。只說它反戰，不是矮化，就是觀眾的自作多情。

不過既說是宮崎駿退休前的最後作品，我們會有更多的解讀動力，至少期望他抓住這機會努力訴說和表達。風起，是當中的重要意象，也是重要的象徵。它不但是主角夢想的憑藉，幸福的出現借着風，災難的出現也因為風，喻想繁複而綿遠。男女主角火車上初見訂情、地震先兆，到飛機的起飛，「風」，都是決定性的元素，當然最重要的還是點題的法國詩人保羅．瓦樂希（Paul Valéry）詩句：「風起時，我們必須努力生存下去。」這一切都是風，也如風，電影中的風，代表着力量，可以成就也可以摧毀。中國人愛把風和自然界聯在一起，不強調、也不特別欣賞那種力量感。讀《說文》對風字的解釋，你會很容易理解到。不過活在自然世界，始終會感受到風的力量和重要。所以莊子〈逍遙遊〉也說：「風之積也不厚，則其負大翼也無力。故九萬里，則風斯在下矣。」同樣是好風憑借力，送我上雲霄的美好期盼，無分中國與東瀛。

據報電影在日本和台灣都非常受歡迎和注視，參加歐洲影展，又成為連續多周的票房榜首。相反，另一齣講述神風特攻隊機師的小說改編電影《永遠的0》，就因為被批評美化戰爭，在日本頗受訾議。原作者解說正是要由軍人的悲哀和不由自主來控訴戰爭。戰爭背後，無論是侵略人還是被侵略的，剖析開，相信都是一樣的複雜和纖弱，不堪一擊。對於有良知的日本人，我常想像他們也一定很痛苦，因為國家和政府不願意為他們卸下罪惡的包袱。這種反省，只繫於個人的品性與情操，與藝術並無直接關係，像日本著名導演小津安二郎參與過侵華戰爭，而且是南京戰場。散文集《我是賣豆腐的，所以我只做豆腐》對藝術和戰爭都無反省追求的筆墨，許多人讀後大感失望，說是去神話化的過程。以人文關懷著稱國際的導演，藝術和現實生活之間，不一定是隱然的過渡。

今天回首，神風特攻隊，軸心國，大東亞共榮圈，這些詞語，想起都令人生厭。生命中的觸動，許多時並不在這些熾烈如焚的情感中，反而只是平淡如水的日常哀樂，像小津最為人稱道的電影《東京物語》，展現老去的淡淡哀愁，一切都平凡而寧靜，但一切都教人傷感無奈。面對這種種人類的真正欷歔困窘，我們永遠都戰敗，管你是侵略別人，還是被侵略的受害者。小津可以這樣藝術而深刻地訴説人生，卻偏偏是侵略過我們祖先輩的日本鬼子，而且不見悔疚之意，藝術云乎哉，道理不是很明白嗎？

身為中國人，看一個日本人寫另一個日本人的奮鬥故事，我仍然充滿觸動。民族大義在這裏並不適用，追尋夢想，到底是人類心底共有的一片絢麗，不是種族和民族主義輕易可以困限。電影在網上引起熱烈討論，有被批評美化日本的軍國主義，淡化了日本人南侵北略的罪惡，當然也有不少人努力為宮崎駿開脫。我卻絲毫不以為意，國仇家恨，中華民族的苦難，不應忘記，更不應讓內地和香港的下一代忘記，那是大是大非的所在！可是我們並不能因此仇視日本的每一個人和每一件事，更加不要要求一切表達，都是怒髮衝冠、目眥盡裂。七十年過去了，國仇和家恨，有時也像一段失敗的愛情，我們要汲取其中的教訓，不忘舊痛，但更要砥礪向前，尋找發掘往後的精彩和美好。

是不是反戰也好，藝術的本質在表達和描摹世界，能夠真實深刻，興觀群怨就好。清初雲間派詞人說：「文章以心術為根柢，德行以藻采為鋒鍔」，高臺教化背後的尋尋覓覓，只是人生的美善渴求，因此創作者的國籍、操守和本性，並不能比藝術本身重要，因為讀者憑着自己，可以有無盡的聯想和感覺體會，這才是標靶的紅心所在。像電影中的一個片段，就令我險些流下淚來：堀越二郎在外工作，收到電報知道菜穗子病重吐血，他乘夜趕上火車，回去探看愛人，然後又馬上匆匆乘尾班車返回工作的崗位。我難忘火車上，二郎蹲着身子，在車卡之間，趕畫製作飛機的草圖，一滴一滴的眼淚落在紙圖上，悠悠化開。雖然只是動畫，通過戲院的巨大屏幕和色彩線條，在有點粗硬的濡濕和褪走中，我的心如鉛墜下。

這一段，叫我觸動的不是愛情，而是那份生命的沉重和無奈。生命何嘗不是如此！漫漫人生，一樣是夜色幽暗沉迷，在轟隆轟隆的奔趕中，我們躋身、我們追趕、我們傷心、我們分離，能夠趕上相愛相親的人，擁抱關懷，雖然明知總有轉身獨去的離別一刻，已經是百世修來的福分。那甚麼是幸福，是不要活在烽火連天，連夢想也被迫染上邪惡色彩的年代；是一手牽着妻子、一手努力繪畫夢想的漢子柔情；還是女兒到了快近十八歲的時候，仍願意挽着我的臂膀進電影院看動畫？回家的路上，我不住地在思考……

惆悵此情難寄

——公屋的故事

我從家裏的陽台外望，老去的公共屋邨悄立左方。它永遠有氣無力，疏疏落落地排開，予人灰舊的印象。即使天朗氣清，蔚藍的綢絹覆蓋一片天，幾縷如棉絲的雲絮慢慢飄揚，它仍只展露出黯黯的容顏，單調而沉悶，訴説着這是老去的人間。才二十多年的光景，公共屋邨已像一個將逝的王朝。這或許是很多香港公共屋邨的共同歷史發展，在燦爛陽光的午後，年青夫婦拖着蹦跳的孩子，帶着一件件簡陋、卻貼心珍愛的家具，搬入輪候多年的公共屋邨新居。然後日子在燦爛陽光下流逝，父母努力工作和生活，孩子每天上學放學，在球場踢球，與三五朋輩圍坐籃球架下喝汽水，討論着誰家的女孩美麗，哪一個的爸媽最嘮叨……

就這樣過去二三十年，年輕一輩長大，成家立室，飛出曾經溫暖哺育的高巢。只餘下寂寞的空氣在凝聚發酵，老人多，公園的孩子遊樂場設施永遠鋪滿灰塵，三數老人圍坐在樓梯轉角處，男的下象棋，女的玩紙牌。因為建築密度高，陽光穿不透密密的灰濛建築群，方正的商場像內地失修的博物館，在幽暗中，露出一臉疲憊。

我本以為這就是我對眼前公共屋邨的全部感覺和描述。到了患病在家休養，病裏體會謙卑和感恩。病中，也才有細看的餘閒，忽略了許多以前的細節，一花一葉，一椅一桌，竟有不同形貌情色，像老來重讀一本舊書，慢慢品味出其中初讀時的魯莽和疏陋，或者更因為生命的經歷和積澱不夠，讀不出作者深蘊的意緒。無聊的午後，我慢步穿梭屋邨的破舊三合土行人路上，一對公公婆婆互相攙扶着，小學門前擠滿男的女的老的年輕的家長，全都是動人的現實色相！動人處還有這老舊屋邨和我居住屋苑夾着的馬路。馬路兩旁密密種滿榕樹，繁茂枝葉在高處躬身交接，站在馬路兩邊，遠望過去，是一弧復一弧的翠綠青葱，形成一道悠長綿遠的樹陰。我在漫長的病假中的多少個午後和黃昏，牽着妻子的手，在林蔭下漫步。人到中年，才驚識「當時年少春衫薄」，原來沒有走過悠悠生活的悲喜，不會知道一刻相依的可貴。清代袁枚三十三歲便辭官退隱，過着閒適自在的生活，六十八歲時寫《茶亭》一詩，詩云：「茶亭幾度息勞薪，慚愧塵寰着此身。輸與路旁三丈樹，蔭他多少借涼人。」我沒有贏輸勝負的爭雄心，只有恬淡的感激，感激道旁樹，給我一抹寧靜的晚涼。

在香港要以公屋為話題，很難不從五六十年代開始說起，而且那也才是整個故事吸引之處。這像一部前衛極的小說，顛覆了一切敘事手法，故事的一開始就是高潮所在，情節和推展不重要，反正所有血肉鮮明、性格飽滿的人物形象，都已經出場。這真是一段遙遠的故事，或者更像一本地圖集，每一章節都展示着六十年來，香港社會變遷發展的山山水水，一筆一線，血肉相連，既魔幻也現實，是一部譜出大半世紀滄桑的長篇演義。

只是故事一開始，就不容易可以結局。看特首不停說要找地起屋，年青人哪裏想像到半世紀以來，香港人從來都在渴求片瓦安穩。跟年輕一輩說這樣的故事，彩箋欲寄，偏偏就山長水遠，生死契闊。劏房之為物，早已有之，一家六口住在百尺的板間房，早已有之。大家共用灶頭、浴室和馬桶，刻薄欺人的包租婆更住在隔鄰，動不動就說：衰仔，趕晒你哋走丫嗱！我們年輕時如此生活，但也是一家天倫溫愛的所在，更因此知道父母兄姊的艱苦，也因此令後來的公屋歲月，才如此珍貴而難忘。

一九五三年的聖誕節的石硤尾木屋區大火，數萬尋常百姓一夜變成斷梗飄萍，悲劇地促使香港政府拉開興建公屋的序幕。數十年來，我對於能夠入住公共屋邨，一路心懷感激。我成長的年代，沒有人覺得政府必須要接濟自己，你給我「有瓦遮頭」，給我進學校的機會，我們就可以憑自己的努力，創出自己的天空與未來。家中嘈吵，我們天未亮到自修室門口排隊；沒有補習老師，自己多加把勁，有啥大不了！甚麼「輸在起跑線」、「結構性貧窮」，看在我們成長在香港經濟尚未起飛的一輩，要表達抒發，真個是萬語千言，惆悵此情難寄！現代人的抱怨意識和習慣，已經到了叫人憂慮、叫人氣憤的地步。社會當然要追求民主、公義，踢走貧富懸殊固然是大家的共同責任，但「富貴不能淫，貧賤不能移」的堅持和價值觀，不是更合理的奮身追求嗎？不義的還諸不義，但給自己留幾根錚錚鐵骨，敲響，沙沙風過處，才可以聽到最響亮清脆的聲音。

在板間房和公屋的抱擁和遞轉中，我成長，造就了對美好和莊嚴生命的追求。追求的還有包圍與溢出……政府為當日的興建留下一幢工廠大廈，變成專供藝術團體租用作寫字樓或工作室的賽馬會創意中心。另一幢是有名有姓的美荷樓，是現存香港的唯一徙置區大廈，活化成為公屋博物館和青年旅舍。走進石硤尾，穿過投注站，在層層堆挨着的臨時泊車位之間，到達賽馬會創意中心。對於這幢我常駐足開會的建築物，我此來的身份有些模糊，既非箇中持份者，勉強只是一名遊客。既然是遊人，自然要留意「遊人止步」牌子的警告，適可而止，停步，循規蹈矩。石硤尾是老區，舊式工廈活化翻新，藝術家和藝術機構搬進。對於一座城市，藝術的意義在於溢出，如果城市有關不住的美和創意，我們大家會生活得更賞心悅目。從最高的樓層圍欄看這建築物，它像一個雙手作環抱狀的壯漢。四合院式的工廈設計予人擁抱與包圍的感覺，在各層遊逛，到處是藝術裝置，但藝術在哪裏？像禪宗「以手指月」的故事：手指明月，示人美好，世人無知，只留意指着月亮的手指，辜負了美好月色。

活化美荷樓，又惹來另一番思考。我們努力留住當日的尋常百姓家擺設，但那種自信自重的尊嚴還在嗎？六十年蜿蜒曲折，在小山丘上為社會所供奉。夜月初上，不遠處的深水埗仍然流轉市井的密景繁聲，更遠處的西九偷偷換過漁港的衣襲。美荷樓呢？寂寞地回憶那些蠟黃堅毅的歲月，像獨坐公園一角，喃喃自語的老人。老人的話語，可以引得多少人駐足勾留，俯首傾聽？我在博物館閒逛，由地下到一樓走了一圈，看到博物館的設計者努力重現當日的擺設。遊人不多，卻始終感到不是我兒時生活的氣味與聲音，我記得除了十四吋按鈕式電視機、百葉玻璃窗、半身高杯櫃、火水爐、帆布床……，應該還有很多很多。想了半天，氣味和聲音有甚麼不對？啊！那不能是靜止的，一切都是動態的。你看，我放學時經過羅太的鐵閘，老遠就聽到她踏衣車趕製衣服幫補家計的聲音，我隔着鐵閘叫一聲羅太，然後就飄來一句：步釗放學哪，你媽在十四樓打麻雀呢！傍晚的時候，大家都會開了鐵閘，媽媽和其他師奶在分享今天菜市場的行情，討論今晚翡翠劇場的情節發展。男人們一個個開始放工回家，挨家挨戶，家裏的光管一支復一支的亮起，然後是圍坐在飯桌前的家庭笑語。是的，那絕對不會是寧謐靜止的家居擺設，而且在我面前，有紅色彩帶隔着，還懸着一塊木牌：「請勿內進」。叫我永遠不能踏上那鋪滿了紙皮石的公屋客廳地板上。

我知道，半世紀已經真實地過去了，除了只餘下「遊人止步」、「請勿內進」的叮嚀，香港的居住問題似乎愈加走進窄隘的胡同。從賽馬會創意中心沿南昌街往下走，經過美荷樓，然後不知不覺走進深水埗。由煙火人間走到煙火人間，中間縫合竟是如此自然，恰如時代的變化發展。當然，再往前走，你終會到達年輕的西九，還有名校和豪宅屋苑林立的新填海區。新舊的永遠交替，香港完成了一代又一代的更迭發展，我們回頭遙望那貧窮的年代，為口奔馳，住洋樓養番狗開汽車，都如傳説般不可觸及。我忘不了數十年來，自己在貧窮的巷口走過來，同時也凜然發覺，原來公屋的故事，在香港人身後，也在面前。

世界盃怨曲

世界盃落幕，參賽的三十二隊，只有一隊帶着金盃和歡樂回國。香港人看世界盃，在酒吧、在商場、在茶餐廳，就是不一定在家裏。社會主義國家，人人可以免費看世界盃；我們的社會，有很多主義、有很多口號、有很多抗爭，有很多簽名和遊行，就是沒有甚麼快樂。你看巴西人、非洲人，GDP低，通貨膨脹得要命，人民卻天天在笑在跳舞唱歌。至少在電視上看見巴西的沙灘，永遠陽光燦爛，足球、啤酒、美麗女孩子和藍得要在電視框內湧出來的海水，這才叫國際標準，普世價值。巴西人舉辦世界盃，輸了一比七，天空仍然一樣很高很藍。我們的七一遊行，何時才會看見這口號：打—倒—收—費—足—球，還—我—睇—波—自—由！

或者你會說我小題大做。不過如果你是夠資深的「香港仔」，就知道，足球是我們的核心價值（既然大家都可以隨口就說）？巴治奧、馬勒當拿、薛高、蘇古迪斯、柏天尼、路明尼加，還有後來的雲巴士頓、古烈治、朗拿度、施丹、費高和柏金，這些才是我們的集體回憶。反正這些詞語成了順口溜，像地產經紀說「香港地買磚頭最穩陣」；籌備婚禮的公司想你upgrade wedding plan說：「一世人一次，開心錢嘛！」我們不妨再數說下去，不要嫌冗煩納悶，長長的一串球星名字，因為世界盃最具政治隱喻，例如我堅持要說加時賽和，互射十二碼分勝負，是為了彰顯公義，在不相讓時找出妥協，不是最好，但找不到更好；對於背負公義的裁判，兩黃一紅就是維穩的最好方法；至於今年才出現的「消失的噴漆」，最像立法會大樓外的鐵馬，每分每秒都在等候衝擊和跨過。至於爭議多年的「鷹眼」，在這瞎子摸象的年代，自然是最尖酸有力的反諷！這屆世界盃的裁判不輕易發出紅黃牌，據說是為了保證球賽的觀賞性和球隊能以最佳陣容出戰重要賽事——結果巴西的尼馬被粗暴傷害。這，真像我們的社會：嘩啦啦地為了捍衛某些公義，我們心目兩盲地肆意傷害踐踏另一些人類基本的德性尊嚴。

說我小題大做，我承認。香港人的世界盃戀曲，由荷蘭對西德開始。一九七四年的決賽，決戰慕尼黑，香港電視史上第一次衛星直播世界盃。四十年來，望中猶記，荷蘭是香港球迷的初戀，全能足球是人類足球史上最浪漫的情話。可惜初戀總是甜蜜開始，痛苦結束，戀曲變調，成為怨奏。遙想當年，球王告魯夫開賽兩分鐘，就單騎直進，博回一記十二碼，到武拿在禁區回身快射，西德二比一勝出。之後我們就開始不斷認識足球巨星的名字，也為舉世的足球巨星着迷。不要搬弄甚麼啟示鼓勵，德意志民族的堅毅、西班牙的神話、荷蘭的詛咒、森巴的浪漫，都只是妝點塗抹，如虛偽至極的政棍激動的發言。看世界盃，不佔道德高地，不兜售「獅子山下精神」，只是為了一場好波，沒有驚天動地的理由。比利、馬勒當拿、施丹、美斯和C朗，高矮肥瘦禿頭黑皮膚，誰理會？今屆占士諾迪古斯一記金球，我們拍爛手掌，不會介意他是來自毒販橫行的罪惡國家。

說我小題大做，我真的承認。七月一日大遊行，適逢開始十六強淘汰賽事，漸入高潮，卻沒有免費電視直播。遊行人數漫天開價，政治壓倒一切的年代，一個不願犯法（你不要自作聰明地想到佔中，只是朋友說可以「翻牆」）不想離家不忿付費的中產階層，我，只好早早爬上床睡覺，準備明天早些起床，觀看電視台慷慨賞賜的「免費賽事精華」。回憶二十四年前，我在廣州中山大學的留學生樓研究院電視室，與來自世界各地的留學生——管他金髮綠眼睛黑皮膚，一起看意大利世界盃，那明顯是友善和快樂的歲月。亞里士多德說政治的意義在「學習良善的人性」，我疑惑，是否真的只因為特首不是我有份選出，所以世界盃在二十四年來也改變了，而良善的心性永遠只能學習，無法擁有。在紛亂的香港，遊行數字可以吹牛，我的疑惑卻貨真價實。

如果有第二次中英聯合聲明，應該是關於足球的，與政治無關——那是給香港球迷的道歉聲明。香港人因足球而生的失望，主要是由中國和英國提供的，兩個「宗主國」除了搞出一個「一國兩制」，還多年來不斷為喜愛足球的香港人製造失望和痛苦，理應以元首級的層次來向香港人發一道道歉聲明。英格蘭今屆三場一和兩負，只入兩球，小組出局；中國隊更加不要説了，南韓和日本都已經成為世界盃決賽周常客的年代，體能相若，國力猶勝不少的祖國，男足，只是周星馳電影的無厘頭對白，大家煞有介事地聽説觀看和等候，最終發現原來只是一個笑話。今屆世界盃，我熱捧巴西和荷蘭，四強戰，兩隊以不同而又最痛苦的模式落敗，無論像巴西般被對手殺得落花流水，還是荷蘭最後以互射十二碼見負，勝負夾着殘酷和天意，一樣製造失望和痛苦，但至少大家都有參與的感覺，愛過痛過激情過，哪像祖國男足，永遠不在線。

巴西大敗一比七，說成是國恥，言重了嗎？關心政治又不看足球的朋友說：你們真小題大做！像我這樣的平凡球迷，活在香港，看足球合情合法合理，是提高快樂指數，感到人生不壞的簡單方法。英超逢周末有賽事，涓涓淙淙，是生活，有規律有預算有日常的等待；世界盃四年一度，裂岸驚濤，是計劃多時的假期旅行，煞有介事而盼望殷切。一次，我站在交通燈前等候過馬路，聽到身後一位女士拿着手提電話高聲說：我買了五百元曼聯贏，今晚幾點開波？喂，傑斯是不是踢曼聯的？……刺耳聲音在耳後旋蕩，像賭坊內呼么喝六。我沒有掉過頭來，想像是一位金髮粗獷的江湖女子，我生氣，不因為她侮辱了傑斯對最聯的忠誠，看英超而不知曼聯有傑斯，是法律所容許，「差人唔拉」的，不過她對足球其實無甚興趣（傑斯應該同意），卻如此深入地參與關注球賽的勝負，有人並非真正關心，卻激動，因為押下了自己的利益。足球從此變得複雜和詭異，更挾幾分邪惡……箇中玄奧，原來跟政治一樣。

香港人看世界盃，最後變成一闋政治怨曲，非你我所可逆料。諧星的電影對白雖然無厘頭，低級粗俗卻也警世，不是一味古語有云沒有理想和一條鹹魚無分別的唐突不學。人間正道是滄桑，無厘頭或許才是一切的本質，管他是世界盃或政治，所以如果我堅持認為柏林圍牆倒下，東西德合併，是日耳曼人為了要組成更強陣容多捧幾次世界盃，你未必可以用公投或簽名來反對我，雖然你仍然深信團結和諧是一種罪過。世界盃期間，每天在街頭和立法會門內門外的荒唐吵鬧，令人想起諧星的另一句電影對白：「打打殺殺唔啱我，不如番屋企睇鹹帶好過。」只是我喜歡看足球遠多於睇鹹帶，所以祝福四年後俄羅斯世界盃，香港人收看時，免費、快樂、自由、祥和，一如善良百姓應有的尋常生活和簡單歡笑。天主保佑，阿彌陀佛！

四隻杯子

這一刻，在我辦公室的桌子上，平排並放着四隻杯子。這不是常態，機緣巧合，偶然如此。不過如果用心觀察思考，偶然背後，又自有恆常的因緣。

早上回辦公室，工友同事會為我預備一杯熱咖啡。喝咖啡雖是多年習慣，要求卻不高，甚麼「貓屎」、「藍山」，全沒有研究，只是最簡單的「三合一」沖水式。同事把它遞到我跟前，輕輕晃動的那一泓渾濁中的啡黃，在慵困無賴的早上，有說不出的親近和鼓勵。不知是生理上，還是心理上的依賴，缺了它，總會有點沒精打采。閒話不表，說回杯子，盛載咖啡的只是一隻平常的瓦瓷杯，杯身幾乎是全奶白色，粗糙地勾勒幾筆色澤毫不均勻的枝葉。依稀記得，那是為我打掃辦公室的女工友，隨意在學校樓梯轉角的儲物室找來，沒有人知道它之前的身世與經歷。某時某日，與我萍水相逢，卻從此耳鬢廝磨，進入我每一個工作的早上的生活，穩立書桌上怒潮如海的文件堆旁，啟動我月月年年，不論陰晴、無分噪靜的晨早。

另一隻是高身的保溫杯，渾身銀銻的顏色，配着圓闊的底座和蓋子，重心很低，沒有不小心碰倒的危險，最是一副老實樸素的模樣。不錯，它不賣弄花巧形相，只強調盛載熱水的保暖功能，早上裝滿熱開水，到下午仍然暖熱，實用性很強。寒天早上的辦公室，它穩定而沉實地守着崗位，不會逾矩半步，活像建制社會中的技術官僚；送來體內流動的溫暖，又是我籌劃校策的沉着夥伴。這兩隻杯子在我日常生活，常規地出現和存在，背後有人用心操作打點，每天穩重守在我觸手可及的距離，解我渴思、活我精神，在我每天工作的九至十個小時間，靜靜默立一旁，而作而息，親切可靠。

另外兩隻杯子，卻不一定每天都用得上。一隻是午飯便當加三元，用作盛載凍檸檬茶的紙杯，配叉切雞髀飯最稱人間美味，至少對一個困坐辦公室的寂寞校長來說，義理鮮明。這樣相逢，當然是最淺薄的緣分，由初見到讓我把它丟進廢紙箱，一般不用四十分鐘。相逢的緣起，只為我短暫的口腹欲求，緣起馬上就緣滅，不會長久。另一隻杯子則名貴得多，那是親友送贈的青花瓷杯，據說價值近千港元，甚至附有「出世紙」。它主要用作泡茶，平常放在櫃頂一角，不在桌上。我不諳茶道，更不善調度諸般器物，偶然興到才用得上，泡茶用的也多是朋友送來的普通茶葉。茗茶，在繁忙工作節奏中，有近乎祭祀的意義，祭的是片刻的離群和孤淡。

每天，我吃過早餐後，呷一口咖啡是足球場上球證的一聲鳴笛，球員開始九十分鐘奔跑，我也開始一天繁忙的工作。沿途除了活腦提神的咖啡，更多是清淡暖水的相送，一如生命的涓涓汩汩，不需躁動。到了午膳時間，便期望在進食快餐的此起彼落中，忽然有片刻的出神寧靜，於是泡一杯清茶，關上大門，靜靜坐下來出神發呆。茶道云云，於我，總是道重於茶，那份閒淡開脫，像長假期避靜遠躲離島，即使一個周末晚上或者是午後的片刻，雖然知道難以天長和地久，但那份暫借的溫婉寧謐，已經太珍貴！

生命中，我們看似有很多選擇，或者存在先於形式，一切形相都只在某時某地，以某種模式存在。除了四隻杯子，偶然也有來客串的嘉賓。例如妻子的熨貼關懷，不規則地穿插着羅漢果水、桑寄生茶等。那會用另一個保溫瓶盛好，一樣放在工作桌上。那是生活之外，也在生活之內的溫暖，每星期總有兩三回。這樣的心事，跟喝咖啡一樣，精神境界比味蕾感覺更重要，潮流總喜歡說的舌尖上的甚麼甚麼，都探不到我心靈深處，因為我的一切甜酸苦辣，都由心靈導入游走。總之，從早上開始，一切的噓寒問暖和緩急進退，已經開始和流動，是緣分、是設定；是天意、是人事，我都不會介意，只是長懷感恩。

這一刻，我望着四隻杯子平排立在面前：工友仍未取走早上已喝光咖啡的空杯，暖水則尚有一半，凍檸檬茶還剩下三兩片薄薄的檸檬在擱淺，只有剛泡好的清茶，尚未呷過一口，精神抖擻地立着，準備稍後的神意會合。四隻杯子平排並立在桌上，畫面很有趣，也似蘊含萬語千言！生活或許只是如此，處處有隱喻和象徵，有規則的序列，也有偶然的散合；有刻意的鋪排，但更多是無心的偶遇。哲學角度、生活角度，活在當下，用心感受在當下就是，茫茫天地，勉強解說，其實都是蛇足。

我只有微笑

學校在學年中，都會安排學生填寫學習問卷，反映意見。問卷的原意是促進溝通，讓學生有機會發聲，最後一道題目是邀請同學寫出對學校的意見。中二級的一位同學，在數行整齊的白線上，只寫着：「我只有微笑」，五個不大不小的字，筆畫明晰穩妥。問卷並不記名，一般來說，全校約有八成以上的同學沒有回應這一題，不過作為校長，全校過千份問卷，我是每張都細看慢讀的。只是，看到這一張，我一下子就笑了。

「我只有微笑」，學生似在答非所問，不過細加分析，又十分有趣，而且叫人聯想蹁躚。微笑之意，或因喜悦，也或因輕蔑，至於「只有」，就暗傳無奈不甘心的意思。言少意賅，中國文學愛說「言有盡而意無窮」，學生這區區五字，可說也算是一種表達的典型。來回往返的過程，最後的圖像是，我們成年人用嚴謹明晰的表意文字來問，聰明的學生竟用具象可想的畫面來回答。

學生一派漫不經心，究竟在回答，還是沒有回答？如果回答了，答案又是甚麼？她的微笑，是因為滿意，還是學校的可笑，更或是無可奈何的喟嘆？在下筆寫這寥寥幾個字的時候，我們成年人煞有介事地苦候期待，希望學生能說出心中話，原來他，或者她，卻早已六根洗盡，神遊物外。和我們開一個玩笑，做一個鬼臉，就轉身飄遠去了。

這樣的黏連，讓人想起西西的〈答問〉，是散文集《花木欄》的序言：「如果你問我這裏的冬天會不會下雪。我說，我實在很喜歡吃雪糕的。你問我會選擇甚麼內容的冰淇淋，我說，既然有一種叫花生，我喜歡花生。你問我，喜歡花生的拉納斯還是喜歡花生的露西。我說，喜歡蛋臉的查理布朗的風箏。……」這樣的即離斷續，最好用作說明師生關係，而且是教育工作的常態。有時想，這樣的回答方式也像人生，一邊回應解答，一邊又聯想開啟，不就是平常的生活故事嗎？語言，繞了一個大圈子，原來都還是落在文學的表達和傳情中，分別，只在於我們抱甚麼的閱讀心理來參與其中。

哲學地說，人與人的隔閡是前生注定的，語文和文學在這情境中，變得笨手笨腳，起不了甚麼作用。於是，後天的努力溝通、分享和交流，這些我們現代人，特別是教育界，每天唸經似地掛在口邊的話，在真正兩個不相干的個體面前，蒼白無力，只淪為欺世盜名的伎倆。據說網上滿是這樣的歌詞，「我只有微笑的送你走」、「我沒有心跳，只有微笑」，其實都一樣，年青人就愛分別、疏離，卻不知真正的分別和疏離，從來都在，既側身窺伺，而且纏絆終身。有一天他們感受了、明白了，天涼好箇秋，選擇的或許仍是一笑置之。

所以只有莊子最聰明，「子非魚，安知魚之樂」，假借惠施之口，説出溝通信任，以至交感同理，談何容易？宏觀來看，這不是一所學校和一個學生之間的錯摸，而是整個時代和青年人的對面不相識。現在就說八十後、九十後，然後加一些描述詞彙，就算是我們對一個世代的理解，既粗暴，也粗淺。推使他們轉身，連鬼臉也省了。不用說得太沉重，可是要理解、要包容，誰叫我們是成年人！我們經歷過的風風雨雨，擔心、焦急、疑惑……今天某部分激進自我的八十後、九十後，終於也會有人到中年的時候，到他們回望當年，故事仍然一樣。這或許是多年教學的理解，孩子沒有惡意，他們頑皮胡鬧，甚至搗亂破壞，伴隨着成長，總會有褪變蛻換的天然機制。

至於笑的解讀，從來不容易，也不用正襟危坐，動輒引經據典。據說西方早在柏拉圖就探討笑，阿里士多德則說應該用開玩笑來消滅你對手的一本正經。在西方，笑常和滑稽、幽默和喜劇等詞語連在一起，而且成為思想家和哲學家論辯的題目，變成心理學的重要範疇。中國人則不同，除了莊子，對於詼諧滑稽之道，很少會作學術深究，像清代《笑林廣記》，算是古代的笑話大全，也只是說說笑話就算了。不談大道理，雖然有不少故事頗涉輕薄，可是諷刺引來會心一笑的，還是很多，隨便挑一個：

孔子見死麟，哭之不置。弟子謀所以慰之者，乃編錢掛牛體，告曰：「麟已活矣。」孔子觀之曰：「這明明是一隻村牛不過多得幾個錢耳。」

孔子的形象跳出儒家經典，變得輕鬆滑稽，可，誰會介意。這樣的書，在文學世界中從來被視作不能入流，至少我在八百多頁的《中國古代小說百科全書》中，找不到介紹它的片言隻語。不過孔子和孔門弟子，角色形象在這裏都可愛，「西狩悲獲麟」的儒家深情造型和憂患意識，在卡通化的處理下，叫人耳目新鮮……中國人對笑的看法，就中可見。縱然是諷刺，可是也就如此而已，點到即止，沒有再艱深的道理要深尋了。

回頭重看我的學生，本來青春應有的萬語千言，變作「我只有微笑」。究竟是我不明白他們，還是他們錯讀了成年人的心思和考慮？既然是「言有盡而意無窮」，那麼探索和思考的路正長呢！一笑置之、滿市粲然、忍俊不禁，真要談詞彙而不問人心，我們有太多的選擇來表達一種不放在心上的情態。我只知道和相信，夫子哂之是師心的拂動，滿堂絕倒就變得有點造作浮誇。不管你微笑不微笑，因為我是校長，所以我只仍然相信：持正道、守磊落、盡情性，才最適合回應人間瞬息在變的萬千色相，而且有一天，你會同意我的看法。

道德文章

《香港作家》的蔡益懷兄傳來電郵，說雜誌要編「胡燕青專輯」，邀請我供稿。有關胡老師的文章，我過去已寫過三篇，一次是為她散文集《十九歲的天空》作序，另外兩次都是其他文學雜誌約稿：一篇記事寫人，另一篇是賞析她獲文學雙年獎首獎的散文集。答應蔡兄之後，我馬上就感到為難，一直在想要從甚麼角度下筆——至少不要重複過去的文章。坦白說，要宏觀探討胡老師的文學成就，我不是知人，現當代文學，也不是我學術研究的興趣和方向。如何可以從新角度下筆，不重複，言之有物，一時間煞費思量。

忽然想起，大半年前，在文學雜誌讀到胡老師的一篇散文〈白頭到老——二十九年浸大情〉。啊！胡老師要退休了，原來轉眼就二十九年，望中猶記，逝者滔滔。我是浸會人，中文系、創作課、謝再生館、溫仁才教學樓、聯福道軍營……這些對於我，原也是密不可分的語碼。

我和胡老師同一年（一九八五）進浸大（我唸書的年代叫香港浸會學院），她是語文中心的助理講師，我是中文系一年級學生。我在二年級時選修了她的「現代中文寫作」，若不是讀胡老師這篇文章，我或許也忘記了那竟然已經是二十九年前的事。溯洄從之，驀地回首，今天，我對於浸會的情感，仍然是在東風夜放花千樹的繁麗之中。古人說學詩「入門須正，立志當高」，我在年青時從不會懷疑自己；「入門須正」，倒是一場造化。我慶幸在上世紀八十年代入讀了浸會中文系，那三年的中文系生活，是造就我與中國文學繾綣終生的初春，遇到胡老師，更是明媚春光中的一道清風。這些，現在重看，洋溢初戀的浪漫，管你日後的愛情路走得多遠，每當想及，仍然回味不已。

說到「師」，《書經》上說：「德無常師，主善為師。」年歲漸長，對這種說法愈有深刻感受和認同。投身教育界也轉眼二十多年，記得工作崗位進入「領導層」後，有了「下屬」，便急着閱讀一些教人當領導的書，駭然發覺不同的專家，竟不約而同指出當領導的第一條件就是品德。孔子教人「為政以德」，原來「為政」之外，甚麼也是「以德」。二、三十年來，在文學世界交朋友、讀作品、教學生，發覺道德，原不一定自有永有在文學世界的人事和制度，可是萬轉千迴，生命崇高與卑劣，答案卻也並不遠。

胡老師在我創作生命的早期，就跟我說過「作家到最後，許多時是憑人格定高下」的話。這或許不是每一個文學人的共同理解，我初聽時也半存疑惑，但崇正尚善、尊重生命等文學動人處，卻就在我年青時候的浸會歲月，已深深種下。我在浸會畢業已經二十六年，華髮「明」生，當然早就走出自己生活和學術道路，我的事業、職業和家庭，知我重我者，難以一一言道，不過如果沿途尋索前面的軌跡，包括在香港大學和中山大學的研究院生活，二十多年的教學生涯，這些探本尋源，或者仍然可以從那些穿着運動套裝或牛仔衫褲的浸會日子，仔細開始數算。

的確，多年來，我徘徊在文學教育和出版創作的夾縫，同時也躑躅於學術研究和學位追逐的進退艱難，冷暖炎涼，當年象牙塔裏書生自矜自重的狂傲，不容易留得幾分揮灑的空間。創作的指導和鼓勵之外，好的文學師長，還能令從者重文品，有公心，這一點，在飄搖不定、明晦難知的文學教育界，十分難得。

近十年來，浸會的創作風氣很盛，又創辦大學文學獎，成為中文文學獎和青年文學獎以外，另一個為文學界十分重視的創作獎項。事實上，浸會近年的畢業生中，年青作家輩出，說胡老師居功甚偉，反對的人應該沒有。作為她創作班上的學生，現在也常忝居各文學獎評審之列，我有幸親身感受到這大社會小環境中的文學創作教學，而且好風能借，成為我後來教學生涯的重要背景和理念。

胡老師的二十九年大學教學日子，辦詩社，籌創文學獎，最重要的是她讓學生感到文學和創作的「善性」。當上中學校長九年，我經常因要聘請中文老師而接觸不同院校的中文系畢業生。我不評論別的院校學生，卻整體地感到浸大的學生很謙卑和懂得尊重，我或許有一廂情願，但曾在另一位退休校長口中，知道她也有相同的感受，不由心下竊喜。的確，多年來接觸許多熱愛文學的年青人，不知道天外有天，坐在我面前，總希望我感覺他已站在創作高峰的，自信，卻淺薄，實在不少。

潮流喜歡說「我城」、「愛香港」之類的套語，可是讀香港文學，這種感覺即使不說虛假，也實在疏離。香港作家寫生活，普遍的傾向空洞慵倦，我們居住的城市，在文字積疊堆挨之間，變得單一浮略，暗啞無聲。只有胡老師，常給讀者另一種情懷和傾訴。她筆下的香港，是處處有情感有聯想的城市。由很早期的〈隧道巴士一〇三〉、〈西邊街〉，稍後的深水埗鴨寮街，到最近期發表的〈影都〉，我們都深深感受到那份欣賞和尊重、那份愛，至少那是親切而容易進入的世界。文學作品沒有彰顯一切的義務，人，卻無法避過作者和讀者情興的答贈往還，這就是作家的道德。我不想用抽象空洞的詞語來描述，人的善良是可見可感的，讀其文章，接觸其人，繞過這些，再寫多少篇吹捧歌頌的文章，只有乏力的虛無。

中國文學講究高臺教化，所謂「非關風化體，縱好也徒然」，從現代文學理論角度看，或許有人會嗤之以鼻，說是封建落後之論。不過離開了人性的美好良善，文學容易變得瘦瘠虛怯，最近重看胡蘭成的《今生今世》，真的很欣賞他優秀的文筆——儘管寡情薄義，大節有虧。喜歡他的讀者或者都會傻氣地想，如果他是個重情英風、軒昂於國事的書生，那多好多美麗！

相交二十九年，胡老師的人品和文品都令我敬重。我在過去二十多年投身文學教育，努力影響和説服下一代更喜歡文學，當然期望藝術和文學能令世界變得更美好，世道人心能夠正氣一些。中國文學有「道德文章」一語，看似信手拈來，漫不經心，原來智慧極矣，苦心，也極矣，飽含代代文人的良善藝術期望。

江湖俠骨恐無多

檢拾多年寫作歷程，竟然沒有一篇談武俠小說的文章。我的年青歲月，喜歡足球、閱讀、寫作、中國文學、下棋、粵劇，種種的迷戀嗜好，在後來的數十年創作時光，無不化成我筆下散文的題材，偏偏極喜歡、影響成長心志和價值觀頗不小的武俠小說，卻從沒有留下墨痕筆印。自己想來也奇怪，是那歲月飄得太綿遠，還是當中情懷實在過於深藏，甚至早已在隱褪消磨，淡然相忘？龔自珍有詩：「少年擊劍更吹簫，劍氣簫心一例消」，怕未必只是亂世詩人才有的怨慨。狂來説劍，於是，我下定決心，寫一篇以武俠小說為題材的散文……

甫構想，原來就要從唸小學的日子數算起。粵語長片的武俠故事，是一道推開時戛戛有聲的古老木門，質感飽滿，粗糙卻真實，而且你不應，也無法繞過。《如來神掌》的龍劍飛、《武林聖火令》的尹天仇、《仙鶴神針》的馬君武，無不是正派善良，少逢不幸卻迭有奇遇，由光影到文字，如今看來概念化的扁平人物形象，在少年時卻仰慕神往。闖蕩江湖，行俠仗義，好眷相隨，人間美善長存，邪不勝正，一切物色，是春雨後的亮麗澄明，叫人清楚可聞可感，而爽氣精神。這角度看武俠小說，是童話、是寓言，勸世也欺世，不過那毫無疑問，是我初中時代最重要的讀物。

初中歲月，學校建在小山坡上，沿着斜度攀緣，是斷斷續續的灰綠，青草不茂盛，但自有姿容情態地遍山生長着。放學後，同學和老師爭擁着離開學校，一片熱鬧也一片寂寞。這時候，我經常穿着校服，獨個兒走到山坡下葵芳邨的公共圖書館，看武俠小說和棋書。那是種薄薄的本子，很多時一本就是一回。圖書館的武俠小說，藏得最多是金庸、梁羽生和臥龍生的作品。那是只有幾個課室般大面積的圖書館，走進去，零零落落散坐着幾個人，像圍棋盤上互不關聯的幾枚孤子，分散，又總暗有聯繫。我靜靜坐在一旁，就這樣投到另一個世界和空間，少林武當、國恨私仇；那裏有一諾千金的生死情義，也有婉轉情深的郎情妹意，更有叫我為之傾倒心折的正邪仁義追求。

年紀稍長，開始到租書店租看武俠小說。金庸的「飛雪連天射白鹿，笑書神俠倚碧鴛」——十二元按金，兩元租金，租期十四天。租書店主是位老人家，已大半禿頭，兩鬢是密茸茸的白髮。老伯也透着隱世市井的江湖俠客味道，爽朗，話不多，說起話來中氣十足，穿着白色背心灰色短褲，永遠在書架中走來踱去。有時我們忘記帶錢來，他頭也不回，揮揮手：「到還書時一起計算吧。」我們就把一大疊江湖俠客和恩怨情仇捧回家中；有時未趕及在交還日期前看完，走到他臉前，做個鬼臉說：「寬限多兩天吖！」他也是揮一揮手，一樣沒有回頭，連肩膀也不動一下，在嚴厲冷漠中是包容和親厚。數十年後，我已記不住相處的細節，只仍感那市井街巷間，人情親厚的推心相處。老人當時看上去已有六七十之齡，今天當然不知人海何處，生死難言，我如果要為他寫出身世的去來，或者也是一段江湖奇俠的故事。

武俠小說看得多了，自己也學着寫。寫了近萬字，少作筆墨，感到斧鑿和模仿味道太重，走出程式卻走不出俗套，停住了，書稿現在還穩放在抽屜深處，安詳恬靜。雖然如此，我仍然想像着將來不再案牘勞形，擺脱為口奔馳的歲月後，會有完成出版的一天。武俠小說未寫完，但縈蕩徘徊於其中的武俠心緒卻不滅，而且一直多年，是圍繞我生活和成長的濃濃情味。如今年過半百，生活磨人，病痛日深，「劍氣簫心一例消」，少年擊劍的日子，是脱手的汽球，無論是有意或無心，總慢慢消失在天邊與視線，不再回頭，更不再回來。

看武俠小說，我只能說是喜歡，與一些武俠迷比較，「道行」和「視野」相去甚遠。武俠小說作家的名字認識一大堆：司馬翎、上官鼎、臥龍生、慕容美，還有後來的黃鷹、溫瑞安……甚至早於初中年代，我已經知道平江不肖生、還珠樓主、白羽、鄭證因、王度廬這些名字，認識眾位大家，也知道梁羽生的「羽」，就是白羽。只是實在無法喜歡這群與我成長年代不同步的作家作品，《蜀山劍客傳》被描述為糅合儒釋道之作，陳義甚高，我認為言重了，自問領略不來，看了幾回就放棄了，後來多次拍成電影電視劇，我都不喜歡。《臥虎藏龍》針線緊密，但京味稠濃，我這香港土長少年不易細嚼。成長階段，深深吸引我的，始終是五十年代開始出現，明快開闊的新派武俠，當中，金庸努力數說人間的正邪難分，梁羽生輕飄細溢的書生文采，古龍浪漫繪畫的詭異人情，等等云云，予我人生康莊又孤獨的種種啟示。

武俠小說是俠義世界，救厄扶傾，「情與義值千金」，既難與女孩子分享，也不見得容易在少年時代，找到可以肝膽互傾的對象。長大後，對文學認識深了，當然看得出武俠小說藝術上許多的不足，強如金庸，也難脱俗套：武功秘笈、絕處奇逢、殺父之仇、武林盟主，無論主角是張無忌、楊過、郭靖，還是令狐沖，都一樣。不過正如梁啟超說的「熏浸刺提」小說功能，我沉醉其中，也深深觸動享受於其中。如今，讀書教學數十年，接觸認識很多文學理論，沉重的真假嚴肅文學和評論更讀了不少，此刻，我仍然願意回頭呼應任公——而且相信，但得意氣流動生風撲面，俗套又何妨？

韓非的《五蠹》，是第一次把「俠」和「武」放在一起的可見文字：「儒以文亂法，俠以武犯禁」。儒和俠並舉，韓非縱然本意未必，但正道出中國文化中，由俗世蒼生到知識分子，處處要求突破挺立。看武俠小說，自有超拔生命之處，也每多惹起人文的聯想。金庸《射鵰英雄傳》裏，黃蓉初次看到華箏：「你們倆是大漠上的一對白鵰，我只是江南柳枝底下的一隻燕兒罷啦」，透着六朝的傷情；古龍《三少爺的劍》中，燕十三一句「人在江湖，身不由己」，雖未至盡得宋詩理趣，卻彷佛成為城市人一句集體俗濫台詞，而且刻進常用現代漢語詞典中。由武俠小說推開去，人物書籍事件，總能帶着肝膽幽燕之氣，震懾人心。中史課堂講明代土木之變，我難免想到《萍踪俠影錄》的于謙、張丹楓，到了研習元雜劇的《臨江驛瀟湘夜雨》，當然心中耳畔，就彷彿飄來《笑傲江湖》中，莫大先生的瀟湘夜雨。

亦狂亦俠，能歌能哭，除了唐滌生的粵劇劇本，武俠小說是我進入中華文化的重要入口，肝膽重義、詩詞禮教，葉洪生說：「武俠小說從形式到內容都與中華文化血肉相連，通篇洋溢着中國人獨有的生命情調」（〈中國武俠小說史論〉）。這話是對的，像我認識諸葛青雲的《江湖夜雨十年燈》，比我讀到黃庭堅〈寄黃幾復〉詩句更早；《笑傲江湖》的「以意馭劍」、《浣花洗劍錄》的「無招破有招」，處處是中國藝術精神重神思意韻的折映；「問世間情是何物，直教生死相許」，我後來喜歡讀元遺山的論詩絕句，或許也是從楊過小龍女的愛情故事開始。至於郭靖「俠之大者，為國為民」，更加是我平生不敢稍忘的「國民教育」要旨……。

不過這些都似已是上世紀的情懷和記憶。仍然是龔自珍的詩，他在舟中讀到陶潛寫荊軻，不由慨嘆：「吟到恩仇心事湧，江湖俠骨恐無多。」過去，武俠小說的人物是時代的共同語言，集體記憶。男孩子想找到自己的「姑姑」、同學間愛互相笑罵「你這岳不群」，老人家又愛自認「周伯通」。新世紀的年青一代，幾乎都是在網路遊戲中認識古典，於是一切恩仇和心事都虛擬化了，集體遺忘，難「吟」更難「湧」，就像陶潛之世，荊軻已遠！此時此刻的事實是現代人不再喜歡看武俠小說，我們面對傳統和文化在流失消亡，感到可惜，但，也只能可惜而已。這方面的保育工作，社會上沒有人有興趣，更沒有「熱血政客」、「保育人士」帶頭遊行示威。再說，現代人看武俠小說，都有「武俠」以外的原因，例如強調可以提升語文能力、培養閱讀習慣，然後就可以讀好中文科，在公開試考取好成績。我常想，這或許就是今天「武俠不再」的原因，因為一切都是計算、都講求回報。寫小說的朋友感慨說，有一次在講座內一位家長問他：「我知道看金庸小說可以幫助我的孩子學好中文，考好DSE，但金庸小說都很長篇，有沒有哪一部短一些？」對於知識學問，大家沒有奮身湧入的豪氣，更沒有徜徉樂遊的澹泊。所以語文的沉浸、文化的承傳，在這年代竟如武俠小說中的天山雪蓮一樣，我們即使明白知道真正的仙藥在哪裏，就是沒有千里追尋的意志和機緣。

江湖俠骨恐無多，談文說武俠，今天社會不亦遠乎！「以武犯禁」之流不絕，肝膽俠氣卻淪喪難尋。只是在這年代，誰真的會在意？不寫武俠的題材、生活中也不大再想起武俠，或者是潛藏在我心底深處，對當前社會的反撥和沉重喟嘆。沒有用文字溯洄我遍灑平生的武俠情懷，或者真只因為「俠骨無多」的時代現實。

畫眉筆與倚天劍

〈江湖俠骨恐無多〉在文學雜誌發表才數天，我在電視的新聞報道，看到立法會內，局長引用《倚天屠龍記》的情節向議員炮擊。武當山上，張翠山夫婦被群集的所謂正派之士逼得自刎，殷素素臨終向兒子留下報仇的怨恨言辭。一向愛瞪目不愛結舌的議員，當然不會絲毫容讓，馬上引殷素素的「不要相信美麗女子」的話，機巧自信地回應。雖然引用未盡同原著，但議事堂內互逞辯才，比武當山和光明頂上的交鋒逼殺更狡黠無情。語言機巧在這裏是最讓人自鳴得意的寶劍，寒光奪目，比倚天劍還要鋒利，傷人，更傷民，且不見血。

武當山上，張翠山夫婦自殺的情節，是金庸小說中精彩絕倫的一段。由知悉真相到夫妻雙雙自盡，千餘字內驚變橫生，氣氛節奏，利落逼人，是《倚天屠龍記》最震撼的筆墨。年青時讀這一段情節，直有裂膽傷心，幾流下淚來；英雄無奈，命運弄人，一何至此！金庸運用人物語言如入化境，推動情節、描寫心理、塑造氣氛、營造悲劇性，實在令人叫絕！數十年後，局長和議員乾坤挪移，電視屏幕前，流走一切深結的恩情肝膽，只留下乾澀裂走的現代人機巧和政治計算。

話語本來是藝術，何時淪落得只餘下暴力？中華人文語言優美，傳情動人，炎黃子孫要好好珍惜。明末王次回的《客中得訊》：「憶自殘啼隔畫屏，客程鶯語似丁寧。歡新可惜春期阻，夢好那堪子夜醒。傳去微詞猜薄幸，寄來清淚慰飄零。開函喜見斕斕字，知習琴心內景經。」語言文字溝通傳情，傳去微詞，寄來清淚，始終是擺蕩心絃第一功。語言文字，本有喚起人間情愛關懷，慰解相思的巨大能力。王次回死在明亡之前，是香奩詩人，因為未有功名，生平資料相當殘缺。清初文人在亡國痛苦中，很不重視他的詩，錢謙益和沈德潛為當時文林祭酒，就把他罵得狗血淋頭。可是他的詩在日本很受重視，唯美主義作家永井荷風甚至把他和法國的波特萊爾相提並論。微詞清淚，本來不分種族文化，阻人的只是機心和涼薄。

傳情之外，尚有機智。讀《三國演義》，很過癮的一段是「諸葛亮舌戰群儒」。話說曹操數十萬大軍南下壓境，劉備欲聯東吳抗曹，於是派遣孔明過江游說。孫權謀士如張昭等人，怕曹操勢大，力主和戰。諸葛亮在議事大廳，逐一舌辯，開腔第一句就是：「鵬飛萬里，其志豈群鳥能識哉。」我少年時閱讀，感到人能說這樣的話，真是了不起！小學畢業時寫紀念冊，當同學都在寫「學如逆水行舟，不進則退」、「頭可斷、血可流，學問不可不追求」的時候，我把這句孔明的話寫在稚氣橫鋪的冊頁上，一位同學茫然問我是甚麼意思。我想我沒有回答他，因為那時的這種豪氣自負，其實都是虛浮淺弱，既不具體，也無根基，只是被話語魅力迷得過了頭。不過讀《三國》，喜歡這段「講多過做」的精彩交鋒，卻是真實的閱讀經歷。後來讀老莊，明白大音本來希聲，古代智人早就將問題說得清楚。甚麼是缺憾，甚麼是聰明？有時我們或許不知道，用而不得其法，聰明，也會成為缺憾，甚至可能是最大的一種。中國文化在這方面得着最深，子貢問夫子：「子如不言，則小子何述焉？」子曰：「天何言哉？四時行焉，百物生焉，天何言哉？」孟子在亂世中說予豈好辯哉，不得而已矣。老莊又說天地有大美而不言、不落言筌。說穿了，語言技巧，原來只是滾滾紅塵中一種必須的無奈！

《史記》裏記載不受列國諸侯重用的張儀，落魄回家，其妻說「子毋讀書游說，安得此辱乎」，張儀答得妙：「視吾舌尚在不？」妻子答還在，張儀就說「足矣」。換了今天滿街服務性行業的時世，張儀思路快，表達力強，善說服人，一定可以「上位」。深入點理解，張儀具備的其實不單是口才，更重要是對人心的掌握和天下大勢的分析，真正關鍵是看不見的腦袋，而不是那整天在人前忙着張張合合的嘴巴。誰主誰賓，在真正重才的年代，是不會含混的。不過要選擇和欣賞，我還是鍾情飛將軍李廣，「型格」出塵，動人甚矣：「桃李不言，下自成蹊」——太史公是真正的知人，九百年後的王昌齡，仍然出神嚮往：「但使龍城飛將在，不教胡馬渡陰山。」任何時代，我們都尊敬這樣的人物，也期待這樣的人物。

人的賢愚聰慧，本來和說話能力無關。孔老夫子說巧言令色鮮矣仁，固然有點主觀，而拙於言辭，也未必是智力發展的問題。古人中就有不少絕頂聰明人，以口吃為後人所知，韓非和揚雄，都是例子。現代人重表輕裏，這年頭，說得好就等於做得好。口才好的人容易被視作聰明，有思考能力，現代香港人叫「轉數」快，君不見文壇、影壇、政壇、傳媒，以至校園內外，全都以口舌滔滔之人為高嗎！中國語文教育在上世紀九十年代初提出要培養學生中文的說話能力，大家一直在奇怪，說母語，有甚麼能力可以培養！語文能力包括口語，是定義和內容同時的質變，事實是：韓非李廣若生在今天，就未必過得了DSE說話卷的關卡。

換一個角度看西方，聖經記載人類要聯合起來建巴別塔，上帝知道了，動怒變亂人類本來共有的語言，從此人們心靈和種族各散東西。雖然阻隔了溝通，但上帝還是保留了我們的語言。人有了語言，一切變得複雜。康德說：「一個人說出來的話必須是真的，但是他沒有必要把他知道的都說出來。」這有點像莫言說的「我有沉默的自由」。活在二十一世紀，網絡平台人人可上，於是人人都有發言權，速度高，空間遠，誰也難以迴避，沉默反而變得不容易——言論自由的盡處，竟諷刺地是更廣更大的不自由。

於是我又想到議事堂內的唇槍舌劍，借武當五俠一生的痛苦悲涼，逞盡說話言辭機巧，流走了其中的淒苦情仇，命運弄人，當中的寡情涼薄，叫我很欷歔。殷素素橫禍奄來，臨死前發出悲毒之言，到了《倚天》故事的最後一回，張無忌面對趙敏和周芷若的機巧心計，仍不禁想起媽媽臨終時說「美麗的女子最會騙人」的話。不過，面對自己無顏相對的丈夫，殷素素重恩義多於重仇恨：「五哥，你我十年夫妻，蒙你憐愛，情義深重，我今日死而無怨，盼你一劍將我殺了，以全你武當七俠之義。」張翠山愛妻深重：「霎時之間，十年來妻子對自己溫順體貼、柔情蜜意，種種好處登時都湧上心來，這一劍如何刺得下手？」

思考張翠山夫妻被捲入立法會的機巧爭鋒之際，又忽然聽到電視新聞報道：布魯塞爾機場和地鐵站遭恐襲後，比利時人民哀悼，在事發地點寫着：「世界需要愛，不是仇恨！」噢，這正是故事的主旨！《倚天屠龍記》到了最後，金庸還是留給我們最多情的畫面和人間語言：「無忌哥哥，你曾答允我做三件事，第一件是替我借屠龍刀，第二件是當日在濠州不得與周姊姊成禮，這兩件你已經做了。還有第三件事呢，你可不能言而無信。」「我的眉毛太淡，你給我畫一畫。這可不違反武林俠義之道吧？」張無忌提起筆來，笑道：「從今而後，我天天給你畫眉。」明白嗎？真正的言論自由不是人人爭逐，只懂傷人的倚天劍屠龍刀，而是小說結尾，張無忌為愛妻畫眉的筆，帶着愛意深情和責任承諾。只管擁抱仇恨鋒芒，忘卻人與人間珍貴的情深意重，你不但負了武當五俠，也負了金庸努力為我們塑造一個寬厚仁慈的無忌哥哥……。

誰在玉樓歌舞，誰在玉關辛苦？

南宋理宗時候，愛國志士李好義（？——一二〇七），忠義傳家。曾夥三百義士，擒殺叛宋降金的四川宣撫副使吳曦，是史書的一段佳話。好義雖是武人，卻義膽忠肝，而且文思才情不俗，寫過一首《謁金門》：

> 花着雨。又是一番紅素。燕子歸來銜繡幕。舊巢無覓處。　誰在玉樓歌舞。誰在玉關辛苦。若使胡塵吹得去。東風侯萬户。

詞意並不深蘊曲折，花雨燕子，亦舊詩詞常用意象寄託，可是「誰在玉樓歌舞。誰在玉關辛苦」兩句問得好，武夫關情，更叫人感動。中國詩文詞賦常見玉樓和玉關，一字之遙，寫盡金迷紙醉和滄桑荒涼。詞牌有「玉樓春」，傳謂出自白居易《長恨歌》「玉樓宴罷醉和春」句，又有說源自五代的顧敻詞句：「月照玉樓春漏促」、「柳映玉樓春日晚」等，出處不重要，而歌聲月影，也是中國文化歷史的人文剪影。只是一說到玉樓，總讓人想到歌舞、想到聲色、想到漠不關心。至於「玉關」，情味來得更加直接，李白：「秋風吹不斷，總是玉關情」；王之渙：「羌笛何須怨楊柳，春風不渡玉門關」，一片邊境蒼涼，中人欲嘆，欷歔難已。在玉關和玉樓之間，中國文人士大夫以家國為己任，用道德來選擇，用良知來找尋歸處。這樣，就流逝了幾千年，「誰在玉樓歌舞。誰在玉關辛苦」，千年前的武夫喟嘆，一語道破文化和歷史載浮載沉的本質和真諦。

到了今天，學者忙着做民意調查，議員政客每星期在議事堂重複相同的胡鬧。「誰在玉樓歌舞。誰在玉關辛苦」，問得真好，是誰？皇帝一百年前退休了，特首永遠忙於躑躅在述職和答問大會之間……由教授到學生，由清流到市井，人人爭上道德高臺，真正的道德，卻一天比一天退隱和深嵌在史書子冊。讀古蒼梧《舊箋》，最驚心動魄的是那句：「一個有血有肉的香港將要墮地，恍惚已聽見瓜瓜的哭聲。」四十多年前，遠處傳來文化青年的驚呼和願景，歷史在叫人期待，可是今天我們這一代也早已踏入中年，卻仍然只能在等待回音的輕蕩。問題是甚麼才是香港的血肉，此時此際，民主說得變成順口溜，國民教育竟然會成為一個城市的禁忌。香港，不但血肉模糊，還透出淒涼而淺薄的蒼白。

我不在玉樓，當然更不在玉關。偷得浮生，在中文大學新亞圖書館一隅獨坐，享受寧靜的下午，讀着武夫的詞章，還我們一張中華民族大好文人的面目。圖書館的人不多，大抵因為仍在暑假吧！這樣的午後，像一道慢慢流下的溪水，誰也不選擇湍急澎湃，輕舟信流。「逝者如斯夫不舍晝夜」，如果時間可以停下來，或者生命的觸動就不一樣了。寧靜氣氛中，我翻着書頁，座位的角度剛好對望着樓梯轉角的小平台。常來的人，即使不是中大學生或教職員，都知道這裏常舉行小型展覽。記得上次來的時候，還是比較前衛的電影劇照展，一幀幀飽含現代主義味道的劇照和海報，當塗眩目。剛才上來，見展覽的是錢穆先生的手稿和一些舊相片、書信文稿，另一邊牆上卻是宋元兩代書畫藝術館藏品的複製品展覽。展品展示安靜恬然，你有興趣和閒情，就駐足勾留，如果你有趕着要忙的，就往前走吧！

錢穆先生和新亞，淵源深糾，是歷史的筆捺，也是香港這南懸小島，偶遇和承傳中華文化的福分機緣。大半世紀以前，錢賓四、唐君毅、徐復觀和牟宗三等學者南下香港，開拓儒學發展的另一片天空，影響深遠，當今稍有國情學問的學者，很多都直接間接受學於眾位先生的門牆。唸中文系的時候，教《論語》的老師說年青時上徐復觀先生的課，徐先生一站在講台前，同學就感到甚麼是中華文化。我不慣神化凡人，但年青時讀幾位先生的著作，影響文化心靈不少。唐君毅的《中華文化的花果飄零》，單是書名，就叫人撼動。少時一邊捧讀，一邊想着這些飄零的花果，正落在何方，誰人經過偶然拾起，還是被一隻隻擦拭得烏黑發亮的軍靴，在駁雜的馬蹄聲中，踩得稀巴泥爛。

中西文化交流，由張騫通西域開始，就展開漫漫二千年歷史。由茶葉、音樂、絲綢到今天的所謂普世價值，舶來的提升了物質科技，卻未必有助文化的開新和振興。中國人向來視國家和民族文化為不同概念。國家是政治概念，民族則是種族與文化的概念。顧炎武說：「是故知保天下然後知保其國。保國者其君其臣，肉食者謀之。保天下者，匹夫之賤與有責焉耳矣。」我們的中國夢，會在當中種種交流觸動，至少那是一場文化復興的好夢。這場好夢的進口不能是悲憤仇視，追求的也是形而上的中國夢。物質經濟要追英趕美，在二十一世紀的中國，已不算甚麼夢，往前走就是，終點標杆不會很遠。保天下保家國，中國夢如果只是國民生產總值和外匯儲備的數目轉換，夢深夢遠，夢真夢假，於民族文化的挺立和復興，又有何相關？

十九世紀中葉，西方人挾船堅砲利破門而入，中國折騰百年，幾近亡國。五四以來，民族文化的茫然若失，在知識分子以至俗婦傖夫，無不溢揚，胡適和魯迅之輩狠批中華文化，反對脈脈含情的文化態度。一個世紀之後，這份偏執和狹隘竟似冉冉重來。「西方雖有真理，但真理也並不都在西方」，花了一百年，我們對於如此淺顯的道理，仍然半信半疑。今天重談中國文化，當然不應再恪守本位保守之論。資訊科技發達，中西文化兼容並長，各有佳處，道理明白。一世紀以還，儒門淡泊，清朝滅亡百年，我們苦苦向西方問道，馬列之來，最後竟席捲中華，豈不如此云乎哉。所以余英時說：「中國百餘年來一意向『西方尋找真理』便是陷入典型的殖民地或半殖民地的精神狀態而不自知。馬列主義便是在這一精神狀態下找來的『真理』之一。」回首百年，如果真要說中國有夢，民族文化的道德和尊嚴，才可擺脱這積弱數百年而生的精神狀態。

午後圖書館依然一片恬靜祥和，忽然兩人在樓梯轉角處緩緩步上。這是一個有趣的畫面，一個中國人和一個洋人站着交談，用的是英語。四周掛滿了字畫卷軸，錢穆先生的展覽就在，寧靜中，散發淡淡清幽，形成一種環境與景深。……我生活的都市，不正是這樣的裝置嗎？華洋共處，中外交流，相逢、閒話、言笑，然後互相學習，在中國文化氣息堅實的背景，去中國化在香港的此時此刻，竟然成了一種憂患，而且變得理所當然，心安理得。一個中學女生跟我說，有一次她穿着旗袍校服，在回家的路上，被一位金髮洋人在路上截停傳教，洋人的樣子很誠懇，充滿關心。女學生見對方是洋人，就用英文回答，誰知這位熱情長老一開腔，原來滿口流利廣府話。大家一時沒有發覺要把溝通語言改過來。結果，變成一個中國人用英文和一個說着粵語的洋人交談。這種錯摸和巧合，若要探究，是可喜的，因為當中包含了遷就和尊重。在如此拭拂皆痛的民族過敏症候群肆虐之際，這，也是去中國化的表現嗎？

明代陳霆《渚山堂詞話》談到李好義的詞，說是「語意不平，豈非當時擅國者宴樂湖山而不恤邊功故耶？然則宋之淪亡，非一日之故矣。」李好義人如其名，自己說：「思往事，白盡少年頭。」往事不可追，但道德文化不容摧毀誣衊，文化淪亡，當然更非一日可造成，而是整個民族骨節智慧的選擇。玉樓玉關，已非現代中國和香港的生活語言，但卻是我們文化的一部分，一扇窗扉，只要不關上，風聲雨聲自會竄入，告訴我們眼前腳下，是怎樣的時節。

厭倦一個時代

——兼談在中學推行香港文學課程

清代桐城三祖中，劉大櫆的際遇最不好，屢試不第，潦倒一生，是士人有高才而不見重於世的典型例子。他寫過一篇文章〈恐吠一首別張渭南〉，單看題目，已知是罵世之作，文章寫來確是滿腔怨懟，其中說：「士生於當世，未嘗不為流俗之所罵譏。然其孰得孰失，數十百年必有能辨之者。」又引王安石為曾鞏抱的不平：「世之愚者眾而賢者希。愚者固忌賢者，而賢者又自守，不與愚者合，愚者加怨於心，是以無之焉而不謗。」劉大櫆和曾鞏後來在文學史都享大名，歷史似乎果然「必有能辨之者」！

其實劉先生也實在不夠大氣，世事看得不通透。「士生於當世」不容見於流俗，難與愚者合，這些從來是常事。杜甫貴為詩聖，在唐代文學地位也不高，中晚唐人選的詩集絕大多數沒有收入他的作品；陶潛雖被鍾嶸譽為「古今隱逸詩人之宗」，但其詩在後來的《詩品》也只列「中品」。在所處之世未見有大名，時有所見，劉先生在世，能夠深受大儒方苞的欣賞，不用「數十百年」才有「辨之者」，時代已經不算虧待了他。

談起時代，最近常聽到年青人說「時代選中了我們」，我實在擔心。由荀子「天行有常，不為堯存不為桀亡」的唯物，到阮籍「世無英雄豎子成名」的狂誕，時代是被插贓嫁禍之後再屈打成招了，像貪官毒吏一樣，充滿計算的成年人暗啞了整個時代來突出一把聲音，而且包着甜滑的糖衣。逝者如斯夫，時代是流動的長河，不介意飄下來的是落花、是殘葉還是枯枝，它從來不懂得選擇，也從來不會選擇。我們只能相信在流逝的過程中，自有因緣義理。浪花淘盡，每一段急流都一樣，繞過百轉千迴，最後流向夕陽與青山。

我想起上世紀八十年代中，電影《英雄本色》熱遍全城，Mark哥和龍哥，令黑社會變成投映出來的社會英雄，之後，片商爭相開拍英雄電影，橫衝直撞了多年。學者論《水滸傳》，說那是「強人說給強人聽的故事」，英雄電影完全一樣，道義在一個圈子內，自由演繹、解讀，然後碰撞相生，於是拿着AK47的黑社會大佬不但英俊飄逸，而且最受尊崇，為了兄弟和幫會，隨時可以殺人放火，或者在鬧市亂槍掃射，途人誤中流彈完全合情合理更合義。後來，社會上出現很多真實的悍匪，在電影中，那黑社會大哥和殺手的浪漫，變成現實生活中流彈橫飛，悍匪持鎗橫立金飾店前的鏡頭，社會矍然驚覺：不能放過頭號通緝犯，更重要是不能歌頌他們。再加上政治和經濟氣候的陡變，進入九十年代，政治無力感令無厘頭天王諧星獨步一時，時代彷彿在這裏打了一個冷不防的大噴嚏，詼諧中帶着無奈。我不懂搬來一大套電影美學術語，再配合社會學、身份認同等學問，只能老實地說出寡學無識的感覺：那時候，我們在厭倦一個時代。

人與其所處的時代，因為零距離，所以處處現場，觸手真實；可是也因為沒有距離，所以「只緣身在此山中」，不識廬山的地方太多了。我的煩惱是不但不識，而且漸漸變得陌生。這種陌生感近年與日俱增，成長中，許多一向自以為熟悉的詞語，如自由、記憶和公義等，都變得艱深、苦澀和朦朧。一些似懂不懂的語彙，更是道左相逢恍同隔世，距離遙不可及，例如「畀like」、「洗版」、「強國人」、「大中華膠」……

文學藝術更講究距離，說的是空間，也是時間的問題。最近余非和陳潔儀合作的新著《香港文學這樣讀》，談到中學課程不應加入「香港文學」，我讀後百感交集。我在多年前參與設計預科中國文學課程，提倡以閱讀原著、創作、賞析和興趣為重點元素，到設計新高中中國文學課程，在校本課程部分加入

「香港文學」選修單元。的確，作品沒有經過時代的沉澱，未必有公允的評價，就如杜甫與淵明，再加上評者與作者如俱在世，評論會滲雜更多考慮，這些我都同意。我在師資培訓課程一再強調選用香港文學作品當教材要很小心，不過卻不贊成因此將香港文學摒之於中學課程門外。我並不反對作者指出因為時間太近，選用香港文學教材未有足夠沉澱的壞處，不過只能說這是教授香港文學的困難，卻不是不教的原因。好的香港文學作品有助學生修習文學，這點應無爭議，問題是選誰和哪一年代的作品？時代太接近，確是不容易定論作品的好壞，但也因為時代的接近，學與教的過程會更鮮活可親和立體多元，學習文學容易變得真實，這種「真實」，對今天人文教育舉步艱難的時代，有重要的意義。

香港中學的文學課程，到今天仍以古典作品為主要內容，無論教考，材料一般也佔七至八成。香港文學的引入，意義在校本和開放，不產生考試的惡性倒流效應。校本和開放意味要求教師的識力，這正是問題的難點所在。佘、陳兩位的憂慮和指出，也正正道出了問題。我們信任教師，但教師也要專業自強，若自問沒有這方面的識力和信心，大可不選教此單元。現在選取校本教材的不外教師、學者、作家和教科書編輯。這些人如果沒有分辨文學作品優劣的能力，香港的文學教育不可能理想，不但香港文學，其他不專涉古典作品的選修單元，例如「戲劇文學評賞」、「文學創作」和「現當代文學作品選讀」，甚至必修部分的自選篇章，都不會教得好。

韓非論他所處的時代，說：「上古競於道德，中世逐於智謀，當今爭於氣力。」韓非說得輕鬆平常，卻不知如果他的分析是事實，這是多麼必然又可悲的歷史發展。與自己身處的時代相處，有時是場單戀，文學史上被情人折磨得死去活來的多着呢！學生跟我說，某某某在網上勁紅，他在街邊小便也會有幾萬人畀like！我知道學生沒有騙我，因為這就是我所處的時代。「誰愛風流高格調，共憐時世儉梳妝」，我知道當年的秦韜玉也沒有騙我，正因為人人都活在當下，時代才有意義。無論我們厭倦不厭倦，「當今爭於氣力」，其實永遠適合於任何時代！

潛行台灣

我對台灣，沒有記憶，只有印象；沒有相思，只有聯想。我的台灣印象主要來自國語長片的愛情電影，灰黯而燦亮的七十年代，有一齣齣改編自愛情小説的國語電影，瓊瑤的文字，二林雙秦的雙生雙旦。我記得，林青霞和林鳳嬌美絕一時，清純得微塵不染。少年時代的周末深夜，嚮往這對海小島的恬靜悠然，電視機的方框內，難忘的畫面是純潔美麗的女大學生抱着書本，走過大學綠油油草地，洋溢青春的笑意，迎面走來秦祥林或秦漢，在草地和樹下説着老套的情話。單調重複犯駁的愛情故事，年青時就是喜愛和相信，不相信也無所謂，反正林青霞和林鳳嬌，橫現眼前，淺笑深顰，刀截般的美絕。那年代，真好，愛情來和不來，青春都一樣美麗。

愛情，為美麗女明星的美貌所吸引，說到底是「盈盈一水間」最動人。玉人嘛，不來比真的來了，有時更加撩動野寺書生的心。那有像現在一手舉着紙牌，一手擋着鏡頭，尖呼大叫的激情。這些年，韓劇日劇台劇氾濫香港，年青人沉迷傾斜得近乎莫名其妙。韓劇，我只看過一齣叫《醫道》，印象不錯，但香港人似乎不大欣賞；台劇嘛，則是《我可能不會愛你》，舞台劇味道很重，聽說在台灣很受歡迎，拿了不少獎項，女主角很美很有都市人感覺，後來才知道原來是台灣天后級人馬，湊巧也姓林。可嘆是，故事中滿是人性的猜疑和不安，內裏複雜錯摸、夾雜計算的情愛，或許這更接近現代男女離合故事的真貌，可是那愛情想像，卻竟已恍如隔世，叫我相見不相識。

所以聯想台灣，只能屬於近代，打疊數算，也只是近六七十年的意義。我熱愛文學，長記白先勇、余光中、鄭愁予這些名字。再推前推遠一些，鄭成功、吳鳳云云，都只彷彿匐伏在台灣史書的註腳眉批，再轟烈忠義，推動歷史巨輪的力度卻微小，更未對近數百年中國人有很實質的影響。說到底，台北不比長安洛陽，有意義的日子短短數十年，可是要說中國歷史，說中國人，今時今日，我們已無法繞過台灣，而且甚至已劍指中華民族分裂的惶惶議題了。

說來慚愧，我五十年來，竟是第一次到台灣，一者我不像一般香港人，對旅遊有歇斯底里式喜愛，再者情感輾轉流離，至今壯年十載，出現享樂的空白期，只懂讀書寫文章、埋首教育工作。這次到台北，才發覺台北市內交通很便利，捷運鐵路與香港地鐵無異，但無遠弗屆，路線幾乎覆蓋全市，走在台北市，潛行千里無阻。可是對於台北的車站，向來納悶，難忘記去年精神病狂徒在車站傷殺無辜的隔海新聞，這次親來，看到車站內路線圖清楚友善，車廂內廣設「優先座」，概念是讓座，不像香港只是讓先，「苟非吾之所有，雖一毫而莫取」，大氣豁達，令人欣賞，也吐了一口鬱悶之氣。潛行無間，可以走遍台灣大街小巷，當年國民黨敗退，本質上一樣是潛行，是歷史在這裏做了鬼臉。

匆匆數天行程，光影市聲，大城市的浮華，我是感受領略到的，我也走過夜市和商場，嘗過街頭小吃，口腹之樂，但無法生成沉重的記憶和相思。

沉重的只有還給歷史和政治。

回頭看，一百年前的一九一五年，中日簽訂「二十一條」，喪權辱國，五四的帷幔亦漸漸拉開。那是個肝膽照家國的年代，台灣趕不及，沒有走進這段歷史，國父紀念館和中正紀念堂，造像再高大，門閣再聳峻，百姓生活和歷史在這裏縱使濃濃蘸了筆墨，中華文明、民族倫理卻另有深藏。巍巍，又渺渺，歷史就是如此勢利的，你不繞着主軸滾動，就注定被邊緣化。也因此，我們談中國歷史，從來走不過治亂興衰。現代人，愛問何以要如此重視王朝更迭，卻不知中國歷史相信事在人為，而人，是史之魂。真有史識學問之人，無論是讀或教，中國歷史上的治亂興衰，豈只有天意人事淒愴傷心的解讀和領悟！

我忽然想到胡蘭成在給唐君毅的信中說過：「今時台灣，弟亦覺其必欲天下之善皆出於己，不容天下人好自為之。為未能盡人之言與情，其反共乃成天與魔諍，此已墜入宗教矣。」（胡致唐信第五封，見《天下事猶未晚》一書）好一句「不容天下人好自為之」，漢奸文人筆下的「今時」，已是六十五年前之世，可是滄桑一語，竟恰恰道盡今天活在海峽三地百姓的傷感無奈。「天與魔諍」，成為今天文明沒落、道德淪喪時代，人人脫口就有的夢囈與呻吟。

這次遊台北，最深印象是到東吳大學的錢穆故居素書樓。由東吳大學正門入口往前走，穿過多幢教學樓和運動場，幾乎走到大學校園的盡頭。讀嚴耕望〈從師問學四十年〉，多次談到在素書樓探望錢穆，一代史學宗匠晚年生活，在文字中隱隱透出。錢穆寫《國史大綱》，在序中說：「凡讀本書請先具下列諸信念……所謂對其本國以往歷史略有所知者，尤必附隨一種對其本國以往歷史之溫情敬意。所謂對其本國以往歷史之溫情敬意者，至少不會對其本國以往歷史抱一種偏激的虛無主義，亦至少不會感到現在我們是站在以往歷史最高之頂點，而將我們當身種種罪惡與弱點，一切諉卸與古人。」香港的中國歷史課程最近討論改革，一如許多教育議題一樣，專業思考，很快就變成政治炒賣。年青人無知，以為讀近代史就是擁護共產黨；成年人涼薄，很想抖去三千年實體歷史的包袱。龔自珍說過「我勸天公重抖擻，不拘一格降人材」，更說過「滅人之國，必先去其史」。我，一個來自擺脫殖民身世的城市的遊客，布衣青衫，只能祝願中國的年青人世世代代相信、期許和努力。

我就這樣在素書樓外的草地佇立、凝望與思考。那名師高徒的相守相聚，談論學問追求知識的莊嚴與崇高，都在歷史流逝中隱去，只餘下這午後一園的寂靜。素書樓靜寂罕人煙，正好有歷史迴蕩的空間與閒暇。我們這年代，不說歷史，就連人與人相處，要留一份「溫情敬意」也不容易，難得有這寧靜的午後，我潛行千里，來到台灣僻遠的一角小樓，遠離無處不在的狂熱與激情。

《國史大綱》完稿於一九三九年，那正是國難方殷，中國人開始經歷屈辱悲慘的被侵略歲月，錢先生當時四十五歲，一代歷史學家給我們的叮嚀與棒喝，人半世紀之後，精魂何處，我們這一代，空言知識興國，但家國肝膽沉迷、道德勇氣淪喪。晚上走過凱達格蘭大道，眼前空間寬闊得可供飛機起落，兩旁密密佈陣的街燈，組成散亂疑惑的光芒，在杳不見月的夜色中，膠着散不去的政治喧囂，前面的總統府顯得空空洞洞。我要問，在這些光影聲音撞擊後，溫情與敬意啊！你們還在嗎？

留台最後一天的早上，閒逛台大。在捷運站出口問路，看來似大學生的男孩子笑了一下，指示前面數十米的大門入口。他大抵輕責我竟然面對台灣第一學府而不知，咫尺天涯，實在唐突。微雨中，我牽着妻子的手，撐着只為遮風雨而張開的傘子，在校園胡亂走着。我當然看不見林青霞和林鳳嬌，迎面卻來了架着黑框眼鏡的男孩子，他躬身陪着笑，塞給我一張傳單。傳單內容是要爭取在校園內推廣「性別友善廁所」，也就是中性廁所，後來我回港在網上查看，才知道這原來在台灣已經鬧了一陣子。我微笑接過單張，男孩子認真地跟我說，晚上集會要來支持啊！我只笑了笑，心裏想青春真好，更值得珍惜和尊重，因為甚麼都可以爭取，甚麼都黑白分明。管你太陽花運動，還是要爭取大小便的安排公義，爭取即存在。誰說請用文明來說服我，我想起舊時村縣爭執械鬥，氣喘吁吁地找來窮酸老秀才，評理定奪。這是蒼老的印象，可笑的聯想。不是嗎！生活在今天香港，每天讀報看電視新聞，大家可知道文明在哪，請告訴我文明究竟在哪？在不同人的辭典裏，文明兩字，載着共同的解讀文字嗎？

我最後當然沒有出席男孩子邀請的晚會，因為這一天的傍晚，我已經乘飛機回香港。海峽兩岸，一小時多的航程，短得連一套低俗的港產電影也看不完，但七十年恩怨情仇，歷史的傷口，又漫長得遠遠超過物理應有的距離。二十一世紀的中國人，一邊努力縫合，另一邊又死命撕裂。飛機窗外，一海相隔，原來真的，是咫尺，也是天涯。

木之緣

讀《紅樓夢》，最放不下，自是那無才不堪補天的頑石，它與紅塵中迷失靈性的寶玉，是小說豐富而引人思考的象徵。金玉緣、木石盟，才與不才，中國文化一路數千年思索，細味而來。士子佳人，文章心事，綿延不絕徘徊其中。用與不用，既講天時，也須其他條件配合，何況無用之用，怎樣才算得上有用？問題和答案，誰也拿不定，說不準。

我的家也有這樣的故事，予我有趣的生命啟發。

數年前，搬進新房子的時候，找來裝修公司負責訂造新家具。裝修公司強調品位，自稱所用木板質量全行最佳，厚度足，質地實，最重要是零甲醛排放。我因為藏書多，要訂造多個書櫃，擔心層板承受不了書本經年累月的壓力，所以付訂金前，的確一再強調要用最堅實的木板。因此用上的木板都是一寸厚，着手很沉重。裝修工程完成之時，收拾清理完畢，竟然發覺多出了大約尺半見方的一塊木板。裝修師傅笑嘻嘻地說給我們備用，日後哪一塊木板破損了，可作替補。忽然之間，這多餘的一塊變成了我和妻子要處理的物件，默默地、沉甸甸地存在着，既然未有層板損壞，它仍然只能備用。此時此刻，它是多餘的，像女媧煉石補青天遺下的頑石一樣。

家裏面積不大，多了它，總覺得沒有放處。想起韓愈〈進學解〉中那「佶屈聱牙」的陌生化文字：「夫大木為宗，細木為桷，欂櫨侏儒，椳闑居楔，各得其宜，施以成室者，匠氏之工也。」既然各有位置，自有作用，所以起先仍努力為它找出用武之地：放在層架中作書立用，明顯體積太大；若用作放在胸前作書寫平面用，面積又似乎太小；放在廚房盛物，厚度又浪費了儲物的空間……

與妻商量還是不如丟掉好了，反正它與其他層板的大小不一樣，裝修師傅說的替補作用其實並不存在。只是事到臨頭，迂腐性格又作祟：那可是好端端的一塊木板，質料堅實，着手沉重，絕對是可雕的佳木。這木板折算起來也值一二百塊錢，更重要是它完好無缺，只是工匠在「兵荒馬亂」中，偶然遺忘了它，眼前無用就馬上丟棄，實在太物化主義。雖然我的環保觀念一向與主流不同，但如此輕率浪費，也感罪過。己所不用，或者可施於人，於是我也嘗試問朋友鄰居，看是可有人願意接收或用得上。每次換來對方莫名其妙的表情反應：送給我一塊木板幹甚麼，是甚麼禮數！幾經周折，最後，妻子巧妙發現睡房牆隅櫃隙，僅可放入，從此，它無聲無息守候在家中一角。

日子流逝，家事繁瑣，柴米油鹽處處關情，難以絕聖棄智，大道逍遙；至於處理日常家具電器，在尺金寸土的香港社會，更不容人天真浪漫地搬來莊子「無用之用」的思想。不過佛教說一切是緣，業報往還，倒是生活平常可證。我年前頸椎出了毛病，動手術後，醫生一再告誡我在家中要坐硬墊椅子，免令腰背受壓。恰巧家中新購買數千元的長沙發，本是昂貴而柔軟的款式，坐得久了，腰背就痛楚難當。正感苦惱無奈，妻子巧思慧心，忽然想到縫裁一個布袋，把木板放入，然後放在沙發的其中一邊，成為硬板的坐墊。就這樣，沙發一分為二，我因為頸椎動過手術，這硬板具承托力的一邊，便成為我的尊座，每天吃飯、看電視，我都坐在上面。伏櫪逾年的這塊木板，忽然成為我每天生活的良伴和支柱。

賈平凹寫過名篇〈醜石〉，也好沉吟思考，一塊石頭「醜到極處，便是美到極處」。我家的這塊木板，自然不是天上隕石下凡，它真是工匠的無心遺下之物，沒有醜，只有平凡，平凡到極處，仍然是平凡。可是它在我的生活變化中，輾轉流離，找到了合適的位置，忽然發揮了重要的作用，而且成為我貼身的生活伙伴，承托保護着我曾受傷的臭皮囊。我佛說一切是緣，是木是石，都不能只從皮相識之，果然。下界凡夫，領教領教！

縈繞的熱烈

天氣稍稍轉涼，就想到要「打邊爐」。打邊爐是很香港式的叫法，與北方人的火鍋各擅勝場。火鍋兩字，質感密度高，沒有亂打誤撞的情感偏離；打邊爐卻形神俱有照顧，市井味道稍濃。爐字在古代也是生熱取暖之工具器，不過更多是由吃延伸出的關係。《說文》說「飯器也」，清楚明白。網上查看，「打邊爐」一詞，清代《廣東通志》已出現，有「冬至圍爐而吃曰打邊爐」的說法。論語意質感，「火鍋」兩字，反而是簡單的物理陳述，論傳神，稍輸予地道的粵式說法：「打」有敲擊用力之意，明示出過程中的動態特質，「邊」最具意義，是空間和立足所在，大家站在爐邊，就暗傳團在一起的重要意味，生起縈繞的熱烈。「爐」字在中國文學，也似乎比「鍋」來得更多溫暖的聯想，至少「綠蟻新酤酒，紅泥小火爐」，白樂天見物想起劉十九，「晚來天欲雪，能飲一杯無」，老朋友這一問，就是古往今來「打邊爐」的最美麗動機和招引。

打邊爐的吸引和動人，除了鍋內的美味，還有鍋下的燃燒與溫暖。看一塊「肥牛」由淺嫩的鮮紅，翻翻滾滾，透着許許多多的不可靠感覺，在鍋內繞一兩個小圈，幻化成堅定的深紅。在鮮艷與沉穩的交替轉變，多愁善感的你容易聯想到種種消逝與變化，像秋葉在瞬間染紅，喚起了人生的嗟嘆與低迴。看爐內翻滾燙騰的起起伏伏，除了感受到溫度和熱氣，也是人生的段段暗喻。牛肉、象拔蚌當時得令，人人追捧，風光早綻也早盡；一頓大快口腹的豐富，卻總來自一大串肉丸、柏葉、魚片的配角堆疊；只有頑強而厚實的豆腐、蘿蔔和粟米老在，從沒有人問津，卻默默造就湯底的鮮甜。沸騰始終在此起彼伏，熱鬧過後仍然是熱鬧，青菜和烏冬是粵語片最後及時而到的探長，到他出場，事情已經接近完結，彈指寂滅，熱情和熱鬧都漸散去了，良夜在逝去，美麗和圓滿也在這一刻完成。

只是，我以為打邊爐始終不用這種哲學的思考，放在人間百姓的日常平淡就最好。朱自清有一篇散文〈冬天〉，寫小時冬天，父親和他們兄弟用小洋鍋吃豆腐：「我們都喜歡這種白水豆腐；一上桌就眼巴巴望着那鍋，等着那熱氣，等着熱氣裏從父親筷子上掉下來的豆腐。」烏黑鋁鍋和雪白豆腐，在寒冷的背景和熱氣蒸騰的繚繞中，完成了這幅父子親情圖，家道倫常比沉重哲理更有嚼勁，餘香更長久。由白水豆腐到肥肉鮑參，食物的出處和身世都不是重點，食材遠遠及不上人情，「圍」是「聚」的異體字，中國文化的吃，「舌尖」不一定比「心底」重要，叫我不由得想起一品鍋的故事。

一品鍋的由來，據說是明朝一位一品誥命夫人宴請皇帝，天子吃後大讚而得名，這說法在網路上當塗盤佔，彷彿是典故由來的正宗。只不過我更喜歡唸預科時，聽到一位任教中國歷史科的老先生，他在講台上弓腰曲背，用焦黃的手指托着黑框眼鏡，一邊繃着頸項的筋脈，一邊用力說有關出自李鴻章的故事。那一年冬天的紫禁城外，細雪紛飛，李鴻章正為如何與八國周旋和戰，受了慈禧一頓訓斥，悻悻然自宮中退出。一個人悶悶走過市集旁的工地，看到一大夥工人薄履單衣，圍在炭火旁，用瓦鍋喧笑吃喝。李鴻章挨上前，看見鍋內甚麼勞什子菜肉都有，原來工人們家窮，大家都把家裏吃剩的殘骨剩菜拿來，滾燙一番就再吃一頓。李鴻章看工人們吃得快樂起勁，拿起筷子往鍋裏夾了一塊，竟然覺得很美味，問這種吃法叫甚麼名字，工人說沒有啊！大人有學問，是當朝一品紅員，為它改個名字吧。李鴻章想到剛在宮中吃的悶棍，又想到多年宦海與國事，忽然覺得這咫尺的萍逢和熱鬧，燃燒起一份莫名的溫暖，是對自己這一品當朝的諷刺和重要啟發——那就叫「一品鍋」吧！

「一品鍋」這名字，從此就在大街小巷傳開去，到今天成為富貴人家的家常便飯。故事幾乎肯定是假的，不過販夫走卒的圍聚相樂，更勝一品官銜，寓意豐富綿遠，叫人願意深信。所以打邊爐應該是市井的、酒酣耳熱、呼么喝六才過癮。的確，回想平生的打邊爐經驗，盡多是與家人妻子，或者是好友球伴，從來不會在莊嚴典禮晚宴，忽然主客站起，解領帶、捋衣袖，左手拿着一罐啤酒，右手用筷子夾着一塊象拔蚌，死命向鍋裏插去。

好朋友打邊爐嘛！言笑不禁，樂趣超出一頓晚飯的美味。「喂，那塊象拔蚌是我的，你扮甚麼懵，不要搶呀！」「你在夾東西還是洗筷子。」「這樣大片肥牛，小心膽固醇塞爆。」一路燃燒着的爐底，是數十年交情的「文火慢煮」，風味和口感深藏。圍坐圍站，看煙氣繚繞，不作宋人篆香悶爐的聯想，也不需「訊遠槎風，夢深薇露，化作斷魂心字」的多情，只是繞出淡淡的相聚舊情，在熱烈的呼吆吃喝，都按捺着酒闌人散後必然的分散與寂寞。圍在爐邊，感受燃燒的溫度，看蒸騰熱氣飄飄嫋嫋，向空氣虛無處散走，最後消失逝去在無聲無息的空氣之中，你會感到一切都很遙遠，只有這種溫暖最接近、最真實。像一個遙遠的傳說，從列鼎而食的歷史深處，一絲一縷地飄來，拂面動人。

我算不上熱愛打邊爐，人到中年小心飲食，更知道收斂。現代生活講究即食快捷，快餐店推出「一人一鍋」，生意奇多。我從沒有嘗試過自己獨自打邊爐，不過卻常在快餐店看到這樣的食客。有時，逼狹的四人座位，竟斜坐着兩三個萍水相逢的食客，每人面前一個小小的火爐，各自沉埋在自己的世界之中，當然非關團聚，連目光眼神也沒有交流一下，大都市的情境設計，同時擁抱着熱鬧和孤獨。揭開蓋子，熱泡泡像一顆顆心急跳動的珍珠，騰起縷縷的熱氣，是城市生活的慌忙與離亂，也是歸林晚鴉，自鍋內撲撲驚起，四處竄飛，透過迷茫的熱氣，我瞧見一張張寂寞的臉容，荒涼如百年古井，渾不存在任何曲折與隱喻。

如果聯合道是一條流動的河
——寫在中文系創系五十五周年

在浸會學院中文系唸書的日子，感覺永遠流動。一九八五年至一九八八年的三年，近千日時光，每一個上課天和每一節課之間，我們走走停停，往往來來，青年人意氣相投，求學問，逐歡笑，下課後還要為掙學費的兼職奔走。上課、上班、做功課、考試、嬉戲，日子急湍向前，生活在流動，青春是一葉新綠，繫在生命渡頭的另一邊，春風輕拂，也一樣在萌茁生發。

永遠流動的還有隔開了新舊校舍的聯合道九龍塘段。車水馬龍，城市生活伴隨成長和歡笑，從不止息。如果聯合道是一條流動的河，它經年累月，承托着我們這一群復一群的十九二十歲青年——我們載浮載沉，粼粼瀲灩，溯洄來去，度過更賞盡三年來的兩岸春光。一、二年級的課，主要集中在溫仁才大樓，偶爾有些選修科目在Chapel旁的課室進行。唸到最後一年，聯合道軍營變成了臨時的教室，一片片鋅鐵搭成的平房教室和辦公室，中文系遷入。我們每天在聯合道兩岸來回，教室沒有飄移，記憶也沒有飄移，無聲無息飄走的，只有如水的流光……

入讀中文系之前，我只會東拉西湊地看文史書籍，像野孩子打架用的盲拳，毫無理路章法。三年中文系課程，我有系統地認識中國文史哲知識，奠定一生情性心靈的路向。生命中有些記憶，是互聯網的熱炒討論，永遠搶佔思緒的首頁，中文系的生活光影，常是這樣的回憶。我忘不了入學面試的時候，曾錦漳老師（我們都稱他曾生）和楊崑崗老師半帶考核、半帶鼓勵的提問。那時中文系的辦公室在溫仁才樓的一樓樓梯轉角處，雖然僻處一隅，但只要走下半層樓梯，往前走就會見到謝再生樓，穿過籃球場便看到昂然的方樹泉圖書館。

入學後不久，我修讀曾生的「現代文學」，那是一年級生的必修課程。第一次交習作，我還記得自己選的題目是「巴金《家》的悲劇性」，最後只取得了B＋級的成績。派還習作時，曾生拿着我那幾張薄薄的原稿紙，用他一向穩定而平實的語調説：「看你面試時的表現，我以為你不應該是這樣的水平。」我猛然驚覺，原來老師對我是有期望的；在關心學生的老師面前，平庸和懶散會被揭發，而且震起失望和羞愧的回音。我心底裏明白，自己從一大堆資料抄來的二手評論，堆疊不出真正的學術。推搪敷衍的作業，取得了平庸的分數，卻換來我第一次感到自己的不一樣，至少老師可能這樣想。曾生不經意的失望，鞭策了當年初扣學術門牆的我，縱使一廂情願，我確是被鼓勵了。這一點，或者連曾生自己也料不到，甚至早已淡忘了。

中文系可記的事太多，強要用文字一一記下，反而唐突粗暴地縮小了它真正的幅員，因為無論怎樣羅列，總會遺漏了許多：食堂圍看電視動畫、「羅本」

筆記、足球隊勇奪系際賽冠軍、編輯《新宇》、徐訏文學獎、區樹洪花園的大食會、挑燈夜聚的戲劇寫作課、畢業前的風波……如果聯合道是一條河，流水就是不腐，三十年後的今天，逸夫校園美輪美奐，已非當年鐵皮屋課室的故事，不過流動的是串串思憶，往事依稀卻仍然鮮活，記憶難遺——因為記憶裏有人。我在浸會，遇到一直到了今天，仍支持鼓勵、對我愛護有加的老師，好像中文系的陳國球老師和語文中心的胡燕青老師；許多老同學畢業後，變成終生好友；更重要的是，許多記憶成為我生命的重要內容，叫我感恩和珍惜，而且由此出發，一路蜿蜒地在過去和將來游走牽縈。

淡煙行望，歲月如歌。由上世紀的八十年代中展舒，我在浸會的中文系開始了平生的文學因緣。高適晚年給杜甫寫詩說：「一臥東山三十春，豈知書劍老風塵。」我在中文系畢業也快三十年了，在社會上碌碌庸庸地奔走，一樣是書劍飄零，但那段日子，是我人生的重要轉折，奠定了往後的心力方向。早些時候，大學頒給我「傑出校友獎」，我既感且愧地在得獎感言說：「入讀浸會學院，影響我一生。」或許對今天已創系五十五周年的浸大中文系來說，我已是畢業多年的系友，身影已遠，不須亦無熱情相看擁抱。不過想到青春歲月、想到當日求學路上的顛簸與白眼、想到好師長和好同學，重看這三載因緣千日相逢，箇中的陶鑄與潛移，我依然深記和感激！